이웃집 살인범

옆집에 그 남자가 산다.

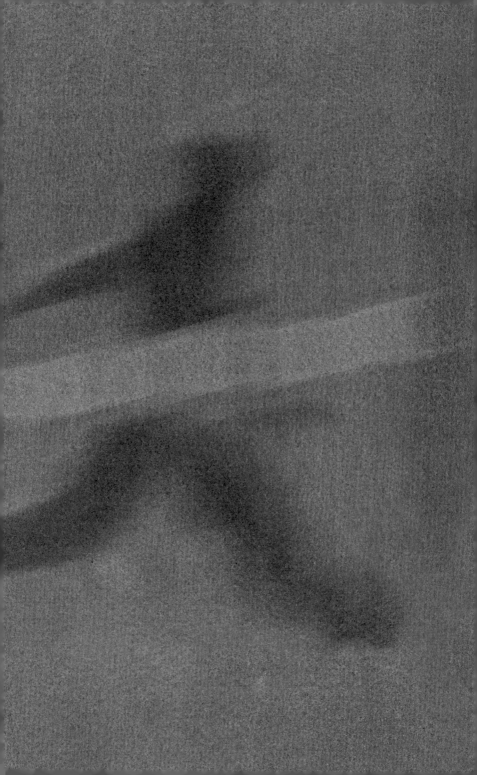

사건이 일어나는 곳이면

어김없이 나타나는 그 남자…….

이웃집 살인범

선자은

여섯번째봄

차례

옆집

오늘도 나는 엘리베이터를 타는 대신 계단을 올랐다. 우리 집은 16층. 엄마와 아빠, 한 살 많은 오빠까지 이런 내 행동을 보고 한 마디씩 했다.

"다이어트? 네가 어디에 살이 쪘다고?"

엄마는 우리를 낳기 전까지만 해도 45킬로그램 마른 몸매의 소유자였다. 하지만 지금은 그때보다 25킬로그램이나 늘어서 15년째 다이어트 중이다. 엄마가 해 본 수많은 다이어트 중에는 계단 오르기도 있다. 물론 엄마는 또 다른 수많은 다이어트와 마찬가지로 이틀 만에 중단했다. 다이어트 방법도 다 궁합이라는 게 있는데, 엄마와 맞지 않는 다이어트라면서. 하지만 엄마는 아직도 잘 맞는 방법을 찾지 못한 채 다이어트를 하는 중이다.

"우리 딸, 힘들어서 안 돼. 엘리베이터를 타."

아빠는 자타공인 딸 바보. 말끝마다 '우리 딸, 우리 딸.' 하지만 아빠는 정작 내가 정말 뭘 원하는지, 뭘 하고 싶어 하는지 모른다. 나를 위한다는 명분으로 내가 하고 싶은 일들을 오히려 가로막기만 하는 사람이다. 몇 년 전 주짓수를 배우고 싶어서 학원에 등록하려 했을 때도 다쳐서 멍들 수 있다고 반대. 클라이밍을 하겠다고 했을 때도 위험하다고 반대. 바로 옆 동 친구네 집에서 파자마 파티를 한다고 했을 때도 반대. 아빠는 나를 지키려는 걸까, 바보로 만들려는 걸까.

"계단? 그런데?"

오빠는 나한테 관심이 단 1퍼센트도 없다. 아니 1퍼센트 정도는 있을까? 비록 그 1퍼센트는 그저 우리 집에 사는 또 다른 십대라는 내 존재를 아는 정도일 테지만.

다들 날 모르지만, 난 우리 가족을 잘 안다. 나는 사실 처음 보는 다른 사람에 대해서도 비교적 잘 파악하는 편이다. 나에게는 아주 특별한 재능이 있으니까. 그 재능은 아주 어릴 때부터 타고난 것이다. 사람의 물건을 보면 그 사람에 대해 어느 정도 짐작할 수 있다는 것. 모든 걸 알 수는 없지만 70퍼센트 이상은 맞춘다. 관찰력과 직감, 상상력의 적당한 컬래버레이션이라고나 할까. 열 살까지 나는 친구들에게 이런 말을 많이 들었다.

"너 어떻게 알았어? 진짜 신기하다."

하지만 열 살 생일인 그해 5월 1일을 기점으로 나는 그런 내 정체를 숨기기로 했다. 축복받아야 할 생일날 온겸은 내게 열 살 평생 한 번도 들어 보지 못한 욕을 다 끌어다가 쏟아부었다. 나는 그 욕이 내게 쏟아지는 걸 가만히 들으며 온겸의 얼굴을 바라봤다.

그때 나는 별생각 없이 새로 짝이 된 온겸의 필통을 보고 이렇게 말했다.

"너 1학년 때 엄마 돌아가셨어?"

그건 아무도 모르는 사실이었다. 온겸 본인 역시 인정하기 싫어서 입에 담지 않았던 것 같다. 하지만 나는 온겸의 필통에서 그 사실을 봤을 뿐이다. '1학년 2반 하온겸'이라고 이름 스티커가 붙어 있는 연필. 낡았지만 몇 번 안 쓴, 그것만 연필 뚜껑이 씌워져 있었다. 온겸은 그 연필을 쓰지 않았고, 누구에게도 빌려주지 않았다. 하지만 늘 필통 안에 있었다. 나는 온겸 엄마가 그 연필을 깎아 주고 이름 스티커를 붙여 주는 장면을 상상했다. 그리고 엄마가 돌아가신 뒤로 그것을 부적처럼 갖고 다닌다고 짐작했다.

그게 사실이라고 해도 나는 입 밖으로 끄집어내지 말았어야 했다. 거짓이라도 마찬가지다. 지금 생각해 보면 어이없을 정도로 무례하고 잔인한 발언이다. 하지만 난 겨우 열 살이었다. 그냥 내가 정답을 맞히고 싶다는 욕심이 강했을 뿐이다.

온겸이 욕하는 걸 듣고 있으려니 내가 정답을 맞혔다는 걸 깨달았다. 그리고 온겸의 절망한 얼굴을 보고 후회했다. 다시는 함부로 다른 사람에 대해 말하지 않겠다고 다짐했다. 꼭 필요한 순간에만 유용하게 쓰기로. 그래서 난 은밀히 움직이는 탐정이 되기로 했다.

드르르륵.

진동으로 해 놓은 휴대폰이 요란하게 울렸다. 10층에서 11층으로 가는 계단을 오르는 중. 휴대폰 화면에 발신자 이름이 떴다.

하온겸.

열 살에 나를 죽일 듯했던 온겸은 5년이 지난 지금 내 유일한 남자 사람 친구다. 그사이 많은 우여곡절이 있었다.

"왜?"

"하이즈 떴다."

온겸은 담담하게 말했다.

"오! 진짜? 오늘 업로드 날 아닌데? 내일이잖아?"

"일 있어서 하루 일찍 올렸대."

"그렇군. 그렇구나! 너무 기대돼서 심장이 터질 것 같아."

나는 숨을 몰아쉬며 말했다. 온겸은 콧방귀를 뀌었다.

"계단 오르느라 심장 터지는 건 아니고?"

역시 온겸은 나를 너무 잘 안다. 피를 나눈 엄마, 아빠, 오빠보다 더.

"6층 여자는 아직도 여행에서 안 돌아왔어?"

"응. 그런데 오늘은 올 것 같아."

나는 아까 본 6층 문 앞을 떠올리며 말했다. 쌓여 있던 택배 상자 맨 위에 못 보던 신선식품 택배가 와 있었다. 엘리베이터에서 만난 6층 여자는 늘 깔끔하고 멋 부린 차림새였다. 이십 대 초반으로 보였고 늦둥이인지 나이 든 부모님과 함께 살았는데, 얼마 전부터 혼자 살기 시작했다.

"으아, 도착!"

"쓸데없는 짓 한다."

온겸은 내가 계단을 오르는 이유를 아는 유일한 사람이다. 바로 탐정 훈련! 모든 것을 보고 모든 것을 추리하라! 훌륭한 탐정이 되기 위해서는 경험을 많이 해야 하지만, 아빠가 아무것도 못 하게 하는 중학생인 내가 많은 경험을 하는 건 불가능하다. 지금 한창 뉴스를 장식하고 있는 '검은 피 연쇄 살인 사건'과 같은 사건을 해결하는 데 감히 내가 낄 수는 없지 않은가. 그래서 나는 생활 밀착형 탐정에서 시작하기로 한 것이다.

"어?"

16층에 오른 나는 늘 보던 익숙한 그림이 아닌 장면에 깜짝 놀라 마지막 계단을 오르려다가 도로 내려갔다.

"왜? 무슨 일 있어?"

쭉 심드렁한 말투로 일관하던 온겸이 걱정스레 물었다.

"옆집 문이……."

나는 말하려다가 손으로 입을 막았다. 활짝 열린 옆집 문. 늘 굳게 닫혀 있던 그 집 문이 열려 있었다. 그 안에 사람이 있을지도 모른다.

"쉿!"

8시 12분. 이사를 오기에는 너무나 늦은 시각이다. 하지만 이삿짐이 분명한 상자들과 캐리어가 안쪽에 놓여 있었다. 반 정도 열린 상자에는 뭔가가 삐죽 나와 있었다. 가늘고 긴 다섯 개의 손가락.

"헙!"

나는 입을 틀어막았다. 어두워서 정확하지는 않았지만, 그건 마치 새하얗고 가는 여자 손가락 같았다. 자세히 보기 위해서는 가까이 다가가야 했다. 위험한 일이지만 저게 뭔지 알아내는 게 탐정의 사명이다.

번쩍.

너무 당황해서 갑자기 번개가 치나 싶었다. 하지만 그 집 현관 센서 등이 내 움직임을 포착해 작동한 거였다.

"누구세요?"

안에서 굵은 남자 목소리가 들려왔다. 그리고 그가 나오는 기척이 났다. 이럴 때는 탐정의 사명보다 나를 지키는 일이 우선이다. 나는 망설이지 않고 우리 집으로 달려가 도어 록 비밀번호를 눌렀다.

삐삐삐삐.

속절없이 비밀번호 누르는 소리가 복도를 울렸다. 이런 젠장. 오늘 같은 날을 위해 무음으로 설정해 둘걸.

마침내 잠금이 풀리고 내가 문을 확 여는 순간 옆집에서 남자가 튀어나왔다. 그리고 그가 뭐라고 하는지 들을 겨를도 없이 나는 우리 집으로 뛰어들었다.

"무슨 일이야?"

집에 들어가 보니 엄마가 놀란 눈으로 거실에 서 있었다. 나는 집게손가락을 입술 위에 대고 간절히 조용히 하라는 신호를 보냈지만, 오히려 엄마를 더 놀라게 할 뿐이다.

"누가 쫓아왔어? 괜찮아?"

놀라서 눈이 세 배는 커진 엄마가 급한 대로 곁에 있던 쿠션을 집어 들고 문밖으로 나가려고 했다.

"쉿! 옆집에 누가 있어!"

나는 목소리를 낮췄다. 엄마는 쿠션을 소파로 내던졌다.

"어휴, 여다래. 난 또 뭔 일 난 줄 알았잖아! 아까 보니까 옆집에 이사 오더라."

"이사?"

옆집은 일 년 전부터 비어 있었다. 혼자 살던 옆집 할머니가 하루아침에 돌아가신 뒤로 쭉. 부동산 아주머니 이야기에 따르면 그 집은 매물로 나와 있지도 않았다. 집주인은 관심 없다는 듯 그 집을 방치했다. 그런데 뜬금없이 누가 이사를 오다니 수상하기 그지없다.

"아는 사람이나 가족이 들어온 거겠지."

엄마는 대수롭지 않게 넘겼지만, 나는 도저히 가벼이 생각할 수가 없었다. 상자 사이에 삐죽 튀어나와 있던 손가락이 눈에 아른거렸다.

"상황 종료?"

그때까지도 전화를 끊지 않은 채 숨죽이고 나를 기다리던 온겸이 대뜸 말했다. 나는 방으로 들어와 문을 닫았다.

"여자 손 같은 게 있었어. 옆집 이삿짐에."

"여자 손? 마네킹이겠지."

온겸 역시 대수롭지 않게 말했다. 하지만 마네킹이라고 해도 정말 수상한 일 아닌가. 내 숨소리에서 속마음을 읽었는지 온겸이 코웃음을 쳤다.

"여다래 또 시작이구나."

"이건 진짜 엄청나게 심각한 사건이라고! 냄새가 나!"

"엄청나게 심각한 사건인지는 모르겠지만, 네가 엄청나게 신나 보이는 건 확실하네. 웹 소설 보고 잠이나 자라."

온겸이 촌철살인 같은 말을 남기고 전화를 끊었다. 역시 나를 제대로 간파하고 있는 녀석이다.

눈치 없이 온겸에게 엄마가 돌아가셨냐는 말을 날리고 욕을 얻어먹은 열 살 생일, 그날 이후 우리는 한동안 원수처럼 지냈다. 서로 아무 말도 하지 않았지만, 복도든 교실이든 마주치기만 하면 노려보기 바빴다. 그러다 3학년이 거의 끝날 무렵, 온겸은 쉬는 시간에 나에게 와서 느닷없이 악수를 청했다. 화해의 표현이었지만, 나는 당연히 악수 따위는 받아 주지 않았다. 오글거리게 무슨 악수람.

왜 갑자기 마음이 바뀌었는지는 그로부터 일 년이 지난 뒤에야 알게 되었다. 온겸은 인정하고 싶지 않았던 엄마의 부재를 내 입을 통해서 듣고, 그날 비로소 인정하게 되었다고 했다. 자기가 바보같이 아무것도 들어있지 않은 유리 상자에 미련이 남아서 소중히 여겼는데, 뜬금없이 내가 나타나 그걸 깨부순 격이란다. 처음에는 유리 상자를 깨 버린 내가 미웠지만, 곧 그 상자가 없는 편이 자신에게 낫다는 걸 깨달았단다.

아직도 나는 60퍼센트 정도만 이해할 수 있는 말이지만, 어쨌든 그렇게 온겸은 친구가 되었다. 그런데 가끔 나는 그

친구라는 지위가 의심스럽다. 나를 냉소하고 조롱하며 평생 괴롭히려고 친구로 곁에 있는 건 아닐까 생각한 적도 있다. 지금도 녀석의 일격에 마음이 조금 긁힌 기분이다. 사실 나는 내심 동네에 살인 사건이라도 일어나길 바라는 사람이니까.

검은 피

　"검은 피 연쇄 살인 사건이 두 달 만에 또다시 발생했습니다. 여섯 번째 피해자는 20대 여성입니다. 현장에 나간 취재 기자를 연결해서 자세한 소식 들어 보겠습니다."

　뉴스에서는 또다시 발생한 검은 피 살인 사건으로 떠들썩했다. 이번에도 피해자는 혼자 사는 여성이었고, 검은색 염료를 타 피해자의 피를 검게 만들어 그린 시그니처도 같다. 길쭉한 마름모꼴을 그리고 그 안에 작은 십자가 모양을 그려 넣은 사인. 언론에서는 그 사진까지 공개하며 자극적으로 대서특필했다. 그 바람에 갖가지 추리가 난무했다. 종교에 대한 증오라느니, 아니면 반대로 종교에 미친 사람이라느니, 가오리연을 형상화한 거라는 특이한 의견까지 있었다. 살인범이 재벌 2세라 돈과 권력으로 무마했다는 소문도 돌았다. 한 아이돌 그룹 멤버는 범인의 사인과 비슷한 무늬가 들어간 티셔츠를 입었다가 범인이라는 의심을 받기도 했다. 워낙 유명해진 사건이라 갖가지 루머가 돌았지만, 분명한 건 범인이 사이코패스라는 사실뿐이다.

"흠."

나는 수첩에 이번 사건에 대한 정보를 받아 적었다. 오피스텔에 혼자 사는 여성. 범인은 비밀번호를 어떻게 알았는지 집 안으로 당당히 침투해 여성을 살해했다. 앞선 다섯 건의 사건과 흡사한 살인. 범인이 집 안에 들어갔다가 나오는 게 CCTV에 찍혔지만, 집 앞 골목 등의 CCTV에는 찍히지 않았다. 동선을 파악할 수 없도록 사각지대로 이동한 걸 보면 철저히 계획된 살인 사건이다.

"도대체 어떻게 비밀번호를 알아냈을까?"

범인은 여성의 집뿐만 아니라 1층 공동 현관 비밀번호까지 누르고 잠입했다. 여섯 건의 사건은 각기 다른 동네에서 일어났고, 피해 여성들에게 특별한 접점이 없었다. 혼자 사는 여성이라는 공통점만 있을 뿐.

나는 수첩 다음 장에 커다랗게 썼다.

비밀번호.

범인은 비밀번호 누르는 걸 몰래 보기라도 한 걸까?

"주말 아침부터 흉측한 뉴스 보는 거야?"

엄마가 리모컨으로 채널을 돌리니 텔레비전에서는 이내 드라마 재방송이 흘러나왔다. 저번에도 본 걸 또 보면서 엄마는 내가 뉴스만 보면 난리다.

"꿈자리 뒤숭숭해지게 왜 사람 죽이고 그런 걸 봐. 너도 탐정이니 경찰이니 그런 거 말고 드라마 작가가 되는 게 어때?"

"드라마?"

내가 긍정적인 반응을 보이자 엄마 눈이 반짝거렸다. 드라마라……. 나도 가끔 드라마를 본다. 사이코패스 살인범이나 미스터리한 사건을 해결하는 수사물.

"그럼 엄마, 이런 드라마는 어때? 타깃을 정한 살인범이 한 달간 타깃에 대한 모든 것을 알아내기 위해서 택배 아르바이트를 하는 거야. 아니, 동네 맛집이 나을까? 주문하면 배달 가는 거지. 하지만 어떤 방법으로 비밀번호를 알아내야 하지? 흠."

"어휴, 끔찍해. 따님, 제발 아름답고 좋은 생각만 하세요! 쉿, 이제 조용히 해. 드라마 봐야 하니까."

엄마는 텔레비전 쪽으로 눈을 돌리더니 금세 드라마에 빠져들었다. 드라마 속에서는 어릴 때 잃어버린 딸을 아들이 여자 친구라며 데려오는 믿기 어려운 내용이 펼쳐졌다. 그나마 그 아들이 친아들이 아니라 입양한 아들이라서 다행이랄까. 시청자는 모두 알지만, 등장인물들은 아직 모르는 이 비밀이 언제 드러날까, 엄마는 가슴 졸이며 보고 있었다. 잃어버린 딸을 되찾게 되었으니, 엄마 말대로 아름답고 좋은 내용이긴 한 것 같았다.

명탐정 여다

검은 피는 피해자들 집 비밀번호를 어떻게 안 걸까?

하온겸

또 시작이구나. 난 몰라. 난 범인이 아니거든.

명탐정 여다

좀 적극적일 수 없어?

> 셜록 홈스가 빛날 수 있던 이유는 왓슨이 있었기 때문이라며?

> 그 말은 네가 왓슨이 되겠다는 뜻 아니었음?

하온겸

> 하아…….

온겸의 깊은 한숨이 메시지를 뛰어넘어 나에게까지 들려
오는 듯했다.

하온겸

> 미녀 탐정 재시에게는 아무도 없지 않았니?

아예 휴대폰을 꺼 버렸을 줄 알았던 온겸이 말을 이어 갔
다. 작가 하이즈가 연재하는 인기 웹 소설 「미녀 탐정 재
시」는 명작 중 명작이다. 먼 훗날 『셜록 홈스』처럼 명작
고전으로 남고도 남을. 재시는 아름다운 외모를 가졌지만,
남들이 떠받들어 주길 바라는 공주처럼 행동하지 않는다.

뛰어난 두뇌와 추리력으로 혼자서도 척척 사건을 해결해 냈다. 재시가 만약 실존 인물이라면 나는 당장 달려가 제자로 삼아 달라고 했을 것이다.

명탐정 여다

그렇긴 하지. 하지만 난 아직 수련이 부족하도다.

실토하고 나니 울적해졌다. 기껏해야 열다섯인 나는 미녀도 아니고 탐정도 아니다. 뉴스에 나오는 사건에 흥분하는 중학생일 뿐이다. 이번에는 온겸이 아니라 내가 한숨이 나왔다. 답답한 마음에 시원한 아이스크림이 먹고 싶었지만, 냉동실 어디에도 아이스크림은 보이지 않았다. 분명 어제 뜯지 않은 바닐라아이스크림이 한 통 있는 걸 봤는데 말이다. 오늘부터 다이어트한다고 선언한 엄마가 어젯밤 마지막 만찬으로 먹은 걸까? 아니면 오빠 여지욱 씨가 또 뭔가 화가 나서 퍼먹은 걸까. 아빠는 용의선상에서 제외. 아빠는 초코아이스크림만 먹으니까.

나는 일단 아직도 드라마에 심취해 있는 엄마를 바라봤

다. 엄마 앞에 커피 잔이 안 보였다. 엄마는 늘 드라마를 보면서 커피를 마셨다. 그제야 나는 범인이 엄마라는 걸 깨달았다. 아포가토는 살찌는 음식이라고 안 먹는다더니, 먹은 것 같다. 그것도 대량으로. 그래서 지금 커피를 안 마시는 것이다.

"엄마, 바닐라아이스크림에 커피 부어서 아포가토 해 먹었지? 다이어트한다며?"

"어떻게 알았어? 다이어트니까 일찍 먹었지. 새벽에 먹는 건 살 안 쪄."

엄마는 텔레비전에서 눈을 떼지도 않고 대답했다. 역시. 아이스크림이 다 사라졌다고 생각하니 갑자기 더 먹고 싶어졌다. 인간의 욕구는 결핍을 알게 되면 더욱 강렬해지는 법. 이럴 때 방법은 두 가지다. 물이나 마시고 참던가, 나가서 사 오던가.

결국, 나는 후자로 결정하고 집을 나섰다. 엘리베이터를 기다리는데 옆집 문이 열리는가 싶더니 도로 문이 닫혔다. 분명 나를 보고 한 행동 같다. 옆집 문 앞에는 조금 전에 배달 온 것으로 보이는 치킨 봉투가 보였다. 아직도 진동하는 치킨 냄새. 그리고 엘리베이터가 1층에 가 있는 것으로 보아 치킨이 방금 배달되었다는 걸 알 수 있다. 배달원이 문 앞에 배달한 뒤 1층으로 내려갔고, 그가 완벽히 떠나고서야 문을 살짝 열고 치킨을 들여가려던 것 같다. 누군가 엘리베이터를 타려고 기다리고 있으리라고는 미처 예상치 못했을 것이다.

옆집 남자는 누군가와 마주치면 안 되는 이유라도 있는 걸까? 나는 생각에 잠겨 가만히 치킨 상자를 노려보았다. 냄새로 예상하건대, 양념 반 프라이드 반이었고, 한 상자인 것으로 보아 한 마리. 혼자 먹으려고 시킨 게 분명하다. 이사 온 날 짐이 거의 없다는 건 이미 보았고, 그의 목소리도 들었다. 며칠 동안 계단실에서도 벽을 통해서도 아무 소리도 들리지 않았다. 하다못해 텔레비전 소리도, 웃음소리도 들리지 않았다. 옆집에는 분명히 그 남자 혼자 산다.

엘리베이터가 16층에 올라와 열렸다가 닫혔지만, 깨닫지 못할 정도로 나는 추리에 푹 빠져 있었다. 문득 남자가 문 뒤에서 내가 있는 쪽으로 귀를 기울이고 있지는 않을까 하는 생각이 들었다. 그는 내 기척이 사라지기를, 내가 엘리베이터를 타고 내려가기를 기다리는 것이다.

"크흠."

괜히 목을 가다듬어 내가 아직 여기 서 있음을 알렸다. 치킨이 식어 가고 있었지만, 남자는 계속 나오지 않았다. 내가 여기 있는 한 나오지 않을 것 같았다. 불쌍한 치킨. 바삭하게 튀겨져서 맛있게 먹혀야 할 본분을 잃어버린 치킨. 치킨에 져서 나는 엘리베이터를 타고야 말았다. 아마 남자도 안도의 한숨을 내쉬었을 것이다.

편의점에서 아이스크림을 고르고 있는데, 밖에 온겸이 지나가는 게 보였다. 나는 꺼내던 아이스크림을 다시 집어넣고 밖으로 튀어 나갔다.

"하온겸!"

"어."

온겸은 길가에서 흔해 빠진 개미라도 본 것처럼 심드렁하게 대답하고는 계속해서 갈 길을 가려고 했다.

"야!"

"왜?"

"나 안 반가워?"

"반갑긴. 어제도 봤잖아."

"그래도! 길 가다가 마주쳤으니 신기하잖아!"

"신기하긴. 같은 아파트 살면서 단지 안 편의점에서 마주

친 게 뭐가 대수라고."

온겸 말은 하나부터 열까지 다 맞았다. 하지만 괜히 서운한 건 왜일까.

"이사 왔다는 옆집 남자 말이야…… 엄청 수상해."

목소리를 한껏 낮추고 속삭였지만, 온겸은 별 관심이 없어 보였다.

"네가 더 수상해 보여."

"바빠? 뭔가 정신이 딴 데 가 있는 거 같다?"

"안 바빠."

아무래도 이상했다. 온겸은 늘 한가해서 내 추리 이야기 들어 주는 게 유일한 취미다. 그런데 지금은 내가 빨리 가 버리길 바라는 눈치다. 내가 모르는 어떤 비밀이 갑자기 생긴 것 같다. 그러고 보니 오늘 온겸을 처음 봤을 때 휴대폰을 들여다보고 있었다. 가로로. 분명 그걸 이어 볼 속셈으로 이러는 것이다.

"무슨 동영상 본 거야?"

"그건 또 어떻게 알았어?"

말하면서도 온겸은 순순히 동영상 내용을 알려 주지 않았다. 뭔가 남몰래 봐야 할 영상이라도 본 걸까? 나는 눈을 게슴츠레 뜨고 온겸의 눈을 바라봤다.

"무슨 이상한 상상을 하는 거야? 그냥 요즘 핫하다는 댄스 배틀 영상 본 거라고."

"그런 것도 보냐?"

"그냥. 그건 그렇고 옆집 남자 뭐가 수상하다는 건데?"

"그러니까, 수상한 게 한둘이 아니라니까?"

"어떻게 생겼는데?"

그러고 보니 나는 옆집 남자 얼굴도 몰랐다.

"얼굴은 모르지만, 목소리는 들었어. 엄청 낮고 음산했다고."

"탐정 지망생이라면서 그런 근거 없는 추측으로 사람을 의심하는 거냐?"

온겸의 말에 나는 잠시 반성했다. 그리고 내가 오늘 본 수상한 행동에 대해 열거했다. 온겸은 가만히 내 이야기를 듣더니 고개를 끄덕였다.

"좀 더 지켜봐. 그저 대인 기피증일지도 모르잖아. 요즘 현대인들은 그런 사람 많아."

"참 나, 현대인? 넌 뭐 중세 사람이냐? 이제 가! 난 아이스크림 사야 해."

나는 가던 길 가라며 온겸을 떠밀었다. 온겸은 조금 전에 우리 곁을 지나간 후드 점퍼 모자를 뒤집어쓴 사람의 뒤를 가리켰다.

"너 아무 데서나 옆집 남자 홍보지 마라. 얼굴도 모른다며? 저 사람이 그 사람일지 누가 알아?"

온겸 말이 옳다. 조심성이 없다, 내가. 이제 앞으로는 메시지로만 대화를 나눠야겠다고 다짐했다. 옆집 남자가 생각보다 주요하고 무서운 인물일 수도 있다는 예감이 들었다. 이건 섬세한 나의 촉이다. 탐정의 촉!

지우개 도난 사건

나는 어질러진 책상 위를 차분히 살폈다. 열린 필통, 펼쳐진 교과서, 그 사이에 샤프 한 자루. 대각선으로 놓인 빨간 볼펜.

"이건 사고가 아니야. 사건이야!"

내 말에 누군가 풋, 하고 웃었다. 하지만 아이들 대부분이 내 말에 집중했다.

"정말? 그럼 누가 훔쳐 간 게 맞단 말이지?"

피해자 한정연은 내 말에 힘을 얻은 듯 아이들을 돌아보며 소리쳤다.

"여다래 말이 어디 틀린 적 있어? 거봐. 내가 잃어버린 거 아니라니까!"

정연은 얼마 전부터 지우개를 도난당하고 있었다. 새 지우개를 가지고 오면 그날로 지우개는 또 사라졌다. 지우개 치고 제법 값이 나가는 모 회사의 브랜드 지우개여서가 아니라, 정연은 명예를 위해 진실을 찾고자 했다. 네 번째 지우개가 사라지자 우리 반 애들은 정연을 프로 분실러, 덜렁이, 지우개 살인마라고 별명 지어 부르기 시작한 것이다. 꼼꼼하고 섬세한 성격인 정연은 순식간에 덜렁대며 물건을 잘 잃어버리는 이미지가 되었고, 그걸 무척이나 속상해했다.

그래서 나에게 의뢰를 한 것이다. 지우개를 훔쳐 가는 사람을 잡아 달라고. 아침에 의뢰받자마자 나는 오늘 2교시가 끝난 쉬는 시간에 이 문제를 해결하겠다고 소문을 냈고, 지금이 바로 해결과 심판의 시간이다. 오늘도 어김없이 지우개는 2교시가 시작되기도 전에 사라졌다.

"지우개는 아직 이 교실 안에 있어."

나는 천천히 책상들을 죽 둘러보았다. 마치 지우개가 그 책상 위에 있다는 듯이. 그러고 나서 한 걸음씩 천천히 움직였다.

"바로 여기, 이 자리에……."

아이들 시선이 나를 따라왔다. 딱 한 사람만 빼고. 나는 다시 방향을 틀어 그 애에게 달려갔다.

"김미지, 너지?"

"뭐?"

창밖을 보며 웃고 있던 미지는 깜짝 놀라 나를 바라봤다. 이 아이, 나를 과소평가했다.

"내, 내가 뭘? 나 지우개 없어."

"당연히 없겠지. 이미 밖으로 던져 버렸을 테니까."

"뭐? 어, 언제는 교실 안에 있다며?"

"맞아. 아까 그랬는데?"

아이들 모두가 의아하다는 눈빛이다. 역시 이 아이들은 내 깊은 뜻을 모른다.

"그건 일부러 그렇게 말한 거야. 내가 2교시 끝나고 범인을 잡겠다고 공표했는데, 어떤 바보 같은 범인이 아직도 훔친 지우개를 갖고 있겠어? 적어도 이 교실 안에 두진 않겠지. 하지만 모두 내가 이 교실 안에 있다고 하니까 내가 이끄는 대로 시선을 따라갔어. 한 사람만 빼고 말이야. 교실에 훔친 지우개가 이제 없다는 걸 아는 사람."

나는 팔을 힘차게 쭉 뻗어 미지를 가리켰다. 미지 얼굴에 당황하는 빛이 가득했다. 정연이 미지에게 달려왔다.

"너야? 왜? 왜 그랬어?"

"그, 그게……."

정연과 미지는 얼마 전부터 단짝이 되었다. 둘은 성격이 정반대지만 이상할 정도로 친하게 잘 지냈다. 정연은 활발하고 목소리도 큰 스타일이어서 좀 튀는 아이고, 미지는 얌전하고 차분해서 있는지 없는지도 모를 정도로 조용한 애다. 반 애들은 미지가 이런 일을 저지른 게 놀랍다며 술렁거렸다.

"넌 나랑 제일 친한 친구잖아! 왜 이런 일을 벌였는지 이해가 안 돼."

정연의 목소리가 커졌다.

"계속 단짝으로 지내려면 어쩔 수 없었어……."

마침내 미지가 한숨 뱉듯 말했다. 미지는 활발하고 인기 있는 정연과 친해지고 싶었다고 한다. 정연이 지우개를 잃어버리자 자기 것을 잘라서 빌려주며 챙겨 준 것을 계기로 둘은 가까워졌고, 정연이 자기 시선에서 벗어나는 일이 생기면 미지는 정연의 지우개를 훔쳐서 버렸다. 그런데 뜻밖에도 지우개가 사라지기 시작하면서 정연에게 덜렁거린다는 이미지가 생기고 미지는 그런 정연을 챙겨 주는 사람처럼 된 것이다. 반 아이들은 그때부터 둘을 단짝이라고 여겼고, 둘 또한 그렇게 생각하게 되었다. 그러니까 사실 둘이 단짝이 된 건 지우개 덕분이었다.

미지는 울음을 터뜨렸고 정연은 미지 마음이 이해된다며 토닥거렸다. 그 뒤로 구구절절 신파적인 내용이 이어졌다. 나는 더 듣지 않고 내 자리로 돌아왔다. 사건을 해결했고, 내 명성이 1레벨 올라갔다는 것에 만족했다. 한동안 내가 해결한 지우개 사건이 애들 입에 오르내리는 정도만 되어도 내 커리어에 도움이 될 꽤 괜찮은 성과다.

그런데.

"이거 김별 아니냐?"

유튜브를 보던 누군가의 외침에 내가 돋보일 시간은 다 끝나 버렸다.

"어? 정말 김별 같네."

영상 안에서는 모자를 눌러쓴 작고 마른 단발머리 여자아이가 길거리에서 현란한 춤을 추고 있었다.

"진짜 잘 춘다. 진짜 김별 맞아?"

김별은 얼마 전 전학 온 말 없는 여자애다. 키가 작고 마른 건 같지만, 김별이 춤을 춘다는 건 도저히 상상도 할 수 없다. 전학 온 뒤로 누군가와 대화 나누는 것도 본 적 없을 정도로 말수가 적은 애다. 그런 애가 길거리에서 춤을 춘다고?

게다가 이 영상은 요즘 엄청나게 화제인 댄스 영상 아닌가. 대형 기획사들이 영상 속 여자애를 찾기 위해 난리라는 소문이 돌았다.

"댄스 영상이라……."

그러고 보니 온겸도 댄스 배틀 어쩌고 했었다.

"김별, 이거 진짜 너야?"

애들이 김별에게 우르르 몰려갔다. 심지어 부둥켜안고 울던 미지와 정연마저 김별에게 갔다. 시시각각 감정이 널뛰기하는 이해 안 가는 중2들 같으니라고.

김별은 애들이 들이미는 동영상을 한번 쓱 보더니 이내 읽던 책으로 고개를 숙여 버렸다.

"너 맞지?"

"아니."

김별은 귀찮다는 듯 책을 덮고 교실에서 나갔다. 한쪽 손을 교복 주머니에 넣고 별일 아니라는 듯이. 하지만 난 알았다. 영상 속 주인공이 김별이 맞는다는 것을. 웬만해서는 애들이 말을 걸면 대답도 안 하던 김별이 대답을 했다는 점부터 속이려는 의도가 있는 거다. 그리고 귀찮다는 듯이 자리를 피한 것도 자신의 거짓말이 들킬까 봐 불안했기 때문일 것이다. 마지막으로 손을 주머니에 넣는 행동은 의도적으로 신체 일부를 가림으로써 자신을 들키고 싶지 않다는 표현이었다. 어쩌면 엄지손톱에 아직도 매니큐어가 남아 있을지도 모른다. 영상을 흘낏 보았을 때 여자애 손톱에 검은색 매니큐어가 칠해진 걸 분명히 보았다.

"김별 맞는 거 같은데?"

애들은 아직도 영상을 돌려 보며 떠들어 댔다. 조금 전까지 내가 했던 멋진 탐정놀이는 모두에게 완벽히 잊혀 버렸다. 역시 이런 사소한 사건 같지도 않은 일 따위는 탐정에게 어울리지 않았다. 더 중대하고 복잡하며 미스터리한 범죄를 해결해야 했다.

하교 후 학원 수업까지 마친 저녁. 여느때처럼 16층까지 계단을 올랐다. 6층 문 앞은 이제 늘 깨끗하다. 하지만 역시 이것도 사소한 일일 뿐이다. 문득 서글퍼졌다. 나는 대단할 것도 없는 열다섯 살일 뿐이고, 아무리 추리를 잘한다고 해도 그 실력을 제대로 발휘할 기회 따위는 없었다. 기껏해야 방 탈출 게임이나 보드게임 할 때 유용할 뿐이다.

"시시해. 시시해."

중얼거리며 계단을 올랐다. 언제부터인가 단련이 되어 계단 오르기가 크게 힘들지 않았다. 체력도 기르고 관찰력도 기르자는 취지에 잘 맞았다. 하지만 이것만으로는 훌륭한 탐정이 될 수 없다.

15층에서 막 계단을 오르려는데, 16층 복도 센서 등이 팍 켜졌다. 나는 걸음을 멈추고 숨죽였다. 본능적으로 우리 가족이 아니라는 생각이 들어서였다. 우리 집 도어 록은 열리는 소리가 요란하다. 하지만 저번에 치킨을 가져가려고 옆집 문이 슬그머니 열렸을 때는 아무 소리도 들리지 않았다. 지금처럼. 소리 없이 센서 등이 켜진 건 옆집 남자가 나왔다는 거다.

띵.

엘리베이터가 도착했다. 문이 열리는 소리. 누군가 타는 소리. 그리고 다시 엘리베이터 문이 닫히는 소리. 나는 3초만 더 세고 위로 뛰어 올라가 엘리베이터 버튼을 눌러 놓고 집으로 들어갔다. 우리 집에는 거실에서 엄마와 아빠가 앉아 텔레비전을 보고 있었다.

"여지욱은?"

"얘가, 여지욱이 뭐니? 오빠라고 해야지."

엄마가 구박을 하면서도 닫혀 있는 오빠 방을 가리켰다. 문을 확 열려고 손잡이를 돌리려는데 문이 잠겨 있다.

"야!"

"뭔데?"

날 선 목소리가 안에서 들려왔다. 역시 우리 가족은 모두 집에 있다.

"누구 왔다 간 사람 없지?"

"지금 누가 와?"

옆집에서 나온 사람이 확실하다.

"나 잠깐 나갔다 올게."

"이 밤에?"

아빠가 벌떡 일어나 따라가겠다는 의지를 보였다. 조심성 없고 목소리 큰 아빠까지 데리고는 도저히 할 수 없는 일이라 나는 서둘러 문을 나섰다.

"잠깐 편의점에 다녀올게."

혹시나 걱정을 안고 사는 아빠가 따라올까 싶어 얼른 엘리베이터를 탔다. 옆집 남자보다 고작 2분 정도 늦었을 거다. 내려가던 엘리베이터가 1층까지 갔다가 다시 올라오는데 걸린 잠깐일 뿐이지만, 남자가 아직도 아파트 단지 내에 있으리라는 보장은 없다. 갑작스러운 추격전에 심장이 빠르게 뛰었다.

두리번거리며 옆집 남자를 찾는데, 그제야 그의 인상착의도 모른다는 걸 깨달았다. 엄마 아빠도 한 번도 본 적이 없다고 했으니 남자의 얼굴을 물어볼 수도 없다. 옷차림은 더더욱 알 길이 없다.

그때 옆 동에서 소란스러운 소리가 났다.

"어머 어머!"

"악, 징그러워."

모인 사람들은 혀를 차고 누군가는 눈을 가리기까지 했다. 뭔가 일이 일어나긴 한 것 같았다. 급히 달려가는데, 경비 아저씨가 사람들 앞을 막았다. 그사이에 다른 경비 아저씨는 사람들이 모여서 보고 있던 뭔가를 치웠다.

"뭐였어요?"

나는 가까이 있던 아주머니에게 물어봤다.

"세상에, 어떤 미친놈이 고양이를 어휴, 끔찍해."

아주머니는 끔찍하다면서도 자기가 본 걸 말할 수 있다는 게 반갑다는 얼굴이다.

"정확히 어떻게 해 놨는데요?"

"배를…… 칼로 그랬는지 난도질을…… 학생은 안 본 게 정말 다행이야. 꿈에 나올까 무섭다니까."

세상에. 그걸 내가 봤어야 했는데! 나는 속으로만 흥분을 집어삼키고 이미 검은 비닐봉지로 꽁꽁 싸맨 고양이 사체를 지켜보았다. 마치 뚫어져라 보면 정말 투시라도 될 것처럼. 그런데 그때 맞은편에서 나처럼 검은 봉지를 쏘아보는 사람이 보였다. 그와 동시에 그가 나를 보았고, 눈이 마주치고 말았다.

"아!"

작게 내지른 소리를 그가 들은 걸까. 갑자기 그 남자가 휙 뒤돌아 어디론가 걸어가기 시작했다.

"설마……."

나는 본능적으로 남자를 뒤쫓았다. 수상한 남자였다. 추운 날씨도 아닌데 검은색 후드 점퍼 모자를 뒤집어쓰고 검은색 트레이닝팬츠, 맨발에 검은 슬리퍼. 잠깐 마주친 쫙 찢어진 작은 눈에서 살기를 본 것도 같다. 온몸으로 세상을 거부하는 듯한 저 걸음걸이.

남자는 내가 뒤쫓는다는 걸 느꼈는지 점점 걸음을 빨리했다. 따돌리려는 듯 아파트 좁은 샛길로 들어가기도 했다. 범인은 자신의 범행을 확인하고 싶어 한다더니, 남자가 고양이를 난도질한 범인인 걸까?

아무도 없는 아파트 샛길에는 모기떼만이 나를 반겼다. 슬슬 더워지기 시작하면서 피를 노리는 흡혈 곤충이 여기저기 장악하기 시작했다.

따리리리.

갑자기 휴대폰 소리가 울려 퍼졌다. 내 것이다. 악. 하필. 휴대폰 화면에 뜬 '하온겸'이라는 이름 세 글자를 주먹으로 날려 버리고 싶었다. 급히 수신 거부를 누르고 다시 앞을 보는 순간 남자가 뛰는 게 보였다.

"아, 안 돼!"

나도 뒤늦게 뛰기 시작했지만, 남자는 어디론가 사라진 뒤였다. 잠깐 한눈파는 사이에 놓친 것이다.

"야, 하온겸!"

전화를 걸어 화풀이나 실컷 해야겠다 싶었는데, 소리치자마자 편의점에서 그 남자가 나오는 게 보였다. 온겸이 뭐라고 대답하는 소리가 들렸지만 나는 도로 끊었다. 남자를 쫓는 게 우선이다. 이번에는 조용히 휴대폰까지 끄고 거리를 두고 쫓았다. 아까는 마음이 급해서 너무 티 나게 쫓아갔다. 다행히도 이번에는 남자가 눈치채지 못한 것 같다. 손에 들고나온 검은색 편의점 비닐봉지 모양을 보건대 캔맥주를 산 듯했다. 검은 봉지 탓에 난자당해 죽은 고양이가 떠올랐다.

남자는 화단 쪽으로 가 잠시 서서 두리번거리다가 한숨을 푹 내쉬더니 어디론가 다시 걸었다. 그러고는 우리 라인 현관으로 들어갔다.

"설마, 설마!"

잠깐 어찌해야 하는지 고민했다. 내가 모르듯 남자도 내 얼굴을 모른다. 알아볼 위험이 적다는 소리다. 나는 남자를 따라 엘리베이터에 올라탔다. 예상대로 남자는 16층 버튼을 눌렀다. 나는 18층을 눌렀다.

엘리베이터가 16층까지 올라가는 데 시간이 이리 오래 걸리는 줄은 몰랐다. 엘리베이터 벽에 비친 남자는 고개를 푹 숙인 채였다. 툭 튀어나온 광대뼈, 쫙 찢어진 눈, 어둡고 거친 피부. 옆모습만 봐도 험상궂었다. 남자가 내려 옆집 문 앞으로 가는 것까지 확인했다. 그리고 나는 18층에서 내려 천천히 계단으로 걸어 내려왔다. 두 층을 내려오는 내내 남자가 모든 걸 눈치채고 계단참에 서서 기다린다는 상상으로 공포에 떨었다.

땡.

16층까지 내려온 나는 옆집 남자 대신 엘리베이터 문이 채 열리기도 전에 뛰쳐나오는 온겸을 마주했다.

"여다래, 너 미쳤냐!"

온겸은 내 얼굴을 보자마자 욕지거리를 퍼부었다.

김별

　우리의 소란을 옆집 남자가 들어서는 안 됐다. 소리 없이 빌다시피 해서 온겸을 겨우 진정시켜 도로 엘리베이터에 태워 1층으로 내려왔다.

　"전화는 왜 안 받고, 걸었다가 왜 끊으며, 아예 전원을 꺼? 재밌냐? 이게 재밌냐고!"

　온겸은 화가 나 있었다. 내가 그런 짓을 했으니 계속 전화를 걸어 보다가 놀라서 달려왔다는 게 무리는 아니다.

　"에이, 설마 내가 납치라도 당하겠냐."

　나는 히히 웃으며 넘기려고 했다.

　"몰라. 9시도 넘었어. 나 학원 숙제해야 해."

갑자기 화가 싹 풀린 것 같은 온겸이 차분한 투로 말하더니 휙 돌아섰다. 나는 입이 근질근질한 상태고, 지금 이걸 다 말할 만한 사람은 온겸뿐이다. 나는 온겸에게 의심스러운 사람을 무작정 따라 나왔다가 끔찍한 고양이 사체가 발견되었다는 이야기를 해 주었다. 거기에서 어떤 수상한 남자를 만났고 그의 뒤를 쫓았다는 얘기까지 모두. 그렇지만 하이라이트만은 남겨 두었다. 영화에서도 반전이 가장 재미있지 않은가.

"그래서 그 남자가 누구였는지 알아? 들으면 아마 깜짝 놀랄걸?"

"누군데?"

"옆집 남자! 거봐 거봐, 내가 수상하다고 했지? 엄청나게 이상하다고 했지? 이건 사건이야! 드디어 내 주위에 사건이 일어난 거라고!"

나는 흥분해서 제자리를 빙글빙글 돌았다.

"그게 좋냐? 좋아? 사건 일어난 게 좋다고? 난 숙제나 하련다."

온겸은 짜증을 내더니 가 버렸다. 생각보다 허무한 전개가 아쉬웠다. 온겸도 내 수사에 적극적으로 참여할 줄 알았다. 하지만 지금 반응으로 봐서는 그다지 큰 사건이라고 생각하지 않는 것 같았다.

그나저나 벌써 9시라니 빨리 집에 돌아가지 않으면 아빠가 날 찾느라 동네를 들쑤실 게 뻔했다. 여자가 야밤에 싸돌아다니냐는 고리타분한 잔소리를 들을 것이다. 그렇게 걱정되면 내가 주짓수, 복싱을 배운다고 할 때 진즉 시켜주던가. 줄곧 나는 스스로를 강하게 기르는 일을 연구하고 관심을 보였지만, 그때마다 아빠의 반대로 무산되고 말았다. 여자애들은 다치기 쉽고, 내 몸에 멍들고 흉이라도 지면 아빠 마음이 아프단다. 더 크게 안 다치려고 배우겠다는데, 아빠는 그걸 이해하지 못했다.

밤새 잠을 제대로 잘 수 없었다. 아무래도 이건 사건이 분명했고, 그것만으로도 기뻤다. 아니, 기뻤다는 표현은 좀 소시오패스 같으니까 사명감이 들었다는 정도로 하겠다. 누군가가 나에게 사건을 의뢰한 건 아니지만, 마치 의뢰받은 느낌이 들었다.

하지만 이건 나 혼자 파고들기에는 어려운 일이다. 머리 좋은 셜록 홈스도 왓슨과 함께한다. 하이즈의 미녀 탐정 시리즈에서도 인맥 넓은 할아버지와 무뚝뚝한 줄란 경관,

소심한 순경 아스왈이 조력자로 등장한다. 내 주위에서 나를 믿고 따라 주기 적합한, 다시 말해서 내가 마구 부리기 좋은 사람은 한 명뿐이다. 하온겸.

온겸을 설득시키기 위해서는 확실한 증거가 필요했다. 온겸은 나름대로 논리적인 인간이고, 내 촉보다는 팩트를 들이미는 게 통할 터였다. 어제 사진이라도 찍어 뒀어야 했지만, 고양이 사체도 직접 본 게 아니라서 아쉬울 따름이다. 혹시 관리실 같은 곳에서 사진을 찍어 두지 않았을까? 하지만 중학생인 나에게 그런 사진을 순순히 넘기지는 않을 것이다. 그렇다면 또 사건이 일어나기를 기다리고만 있어야 하는지…….

학교에 가서도 이런저런 생각 때문에 수업이 머리에 들어오지 않았다. 사이코패스들은 동물을 죽이는 것부터 시작한다는 기사도 보았다. 살인 사건의 전조 같은 거랄까. 그런 일이 일어나서는 안 되지만, 주책맞게도 내 심장은 반응하고 있다. 모처럼 일어난 이 단비 같은 사건에. 나도 지우개 도둑이나 잡아 주는 거 지긋지긋하다.

"김별, 진짜 아니야?"

"오늘 해름동 댄스 배틀에 너도 나와?"

아이들은 아직도 김별에게 유튜브 동영상을 들이밀었다. 그때마다 김별은 자리를 피하거나 짜증을 내며 엎드려 버렸다. 저런 되지도 않는 사건에 목숨 거는 반 아이들이 한심하기는 나도 마찬가지다. 김별이 맞든 아니든 그게 과연 중요한 일일까.

오후 5시. 학원도 빠지고 버스를 탔다. 한 번도 가본 적 없는 동네에 가려니 소풍이라도 가는 것처럼 설레기까지 했다. 이 버스 노선을 따라가야 그 애를 만날 가능성이 크다. 예상한 장소 근처에 다다르자 광장에 모인 사람들이 보였다. 벌써 시작된 건가. 버스에서 내려 다른 사람들 공연을 보며 조금 기다리니 검은 모자를 눌러쓰고 검은 반팔 티셔츠에 청바지를 입은 김별이 등장했다. 김별과는 어울리지 않은 다소 과격한 힙합 음악이 흐르고, 그 애는 조금씩 리듬을 타더니 동영상으로 봤던 춤을 추기 시작했다. 누웠다가 앉았다가 무슨 묘기를 보는 듯한 춤사위다.

사람들은 작고 귀여운 김별이 어울리지 않게 멋진 춤을 추자 반응하기 시작했다.

"쟤 걔 아냐? 유튜브에······."

"아, 맞다! 맞다!"

김별을 알아보는 사람들도 있었다.

"저러니 영상이 찍혀 올라오지, 쯧쯧."

하나둘 올라오는 팔들 사이로 나도 휴대폰을 들어 올려 김별을 찍기 시작했다. 줌을 한껏 당겨서 얼굴도 잘 나오게 찍었다. 댄스 배틀이 한바탕 끝나고 나는 김별에게 다가갔다.

"안녕?"

"어?"

당황한 김별 얼굴은 교실에서 보던 똥 씹은 표정과 달랐다. 내가 여기 올 줄은 상상도 못 했을 테니 당연한 일이다. 나는 별다른 말 없이 춤이 나오는 대신 얼굴만 잘 나오게 찍은 영상을 틀어 보여 주었다.

"너…… 내가 여기 있을 줄 어떻게 알았어?"

"그러게. 내가 어떻게 알았을까?"

"네가 탐정놀이하는 건 알고 있어. 하지만 내가 여기서 배틀한다는 걸 알아내기는 어려웠을 텐데? 학교에서부터 계속 내 뒤를 따라왔던 거야?"

김별, 이 아이. 교실에서 일어나는 일에 관심도 없는 줄 알았는데, 다 보고 듣고 있던 모양이다. 지우개 도난 사건을 해결할 때도 책에 코를 박고 있던 김별은 배제하고 진행했다. 범인일 확률이 거의 없다고 생각했으니까.

"탐정놀이라니? 난 진지하게 이 일을 하고 있다고. 오늘 해름동에서 큰 댄스 배틀이 열린다며? 거기가 핫 플레이스더라? 하지만 당연히 넌 거기에 가진 않겠지. 반 애들이 거길 언급했으니까. 넌 사람들에게 실력을 보여 주고 싶긴 하지만 기획사에 들어가거나 주위 사람들에게까지 떠벌리고 싶지 않아. 그래서 다른 배틀에 참여하게 된 거야."

"하지만 그게 여기 이 장소라는 건 어떻게 안 거야?"

"그건…… 내 직감과 추리력이랄까."

"직감? 그냥 여기로 올 거라는 걸 느꼈다는 거야?"

갑자기 김별과 대화를 나눠 보는 게 처음이라는 걸 깨달았다. 이야기를 나눠 보니 꽤 괜찮은 애 같았다. 내가 어떻게 여길 왔는지에 대해 호기심을 가지고 계속 질문하는 것도 마음에 들었다. 사실 내 직감은 이 아이를 선택하는 데에 썼다.

"네가 마음에 드니까 솔직히 말해 줄게. 사실 난 댄스 배틀에 대해 문외한이라서 언제 어디서 진행되는지 전혀 몰라. 그래서 댄스 배틀 커뮤니티에 다 가입했고, 거기 아이들

대부분이 해름동 댄스 배틀에 참여한다는 사실을 알았어. 그런데 댓글 중에 아웃사이더처럼 다른 동네에 가서 배틀을 하자는 의견이 있었어. 그 아이디로 조회하니 장소를 명시하지는 않았지만, 45번 버스를 타면 된다는 글이 한 줄 있더라. 해름동을 피해서 배틀을 진행하는데 해름동 방향 노선을 선택하지는 않았을 거고, 그쪽에서 반대 노선 중에 답이 있겠지? 그래서 천천히 해름동 배틀이 시작되는 5시 30분 조금 전인 5시부터 버스를 타고 돌았어. 사람들이 잘 모이고 배틀하기 딱 좋은 광장을 찾는 데는 그리 오래 걸리지 않았지. 그래서 난 여기에 있는 거야."

내 긴 설명을 들은 김별은 다시 무표정이 되어서는 툭 내뱉었다.

"뭐, 직감? 추리? 그냥 인터넷 뒤져서 스토킹한 거네."

맞는 말이라 조금 아팠다. 하지만 요즘 시대에 인터넷을 활용하지 않는 추리 방식은 있을 수 없었다. 김별이 보기보다 보수적인 것이다.

"어쨌든 난 네가 유튜브 스타라는 걸 알아냈고, 증거도 잡았어. 이제 어떻게 할래?"

"그깟 동영상 지우면 되지."

김별은 내 휴대폰을 낚아챘다. 그러더니 놀라서 얼어붙었다. 내 계획대로.

"통화 중이었어?"

"녹취든 영상이든 네가 지울까 봐 또 다른 증인에게 파일을 남겨 두기로 한 거지."

온겸은 통화 내용을 고스란히 녹음하고 있었다. 김별은 화난 얼굴로 전화를 끊어 버렸다.

"뭘 원하는 건데?"

김별은 귀여운 얼굴과는 달리 말투가 뾰족뾰족했다. 그래도 교실에서 아무 대꾸도 안 하는 것에 비하면 지금은 수다쟁이에 가까웠다.

"혼자 해결하기 어려운 사건이야. 내 일을 좀 도와줘."

"네 일? 그게 뭔데? 설마 나보고 탐정단이라도 되라는 거야?"

"그런 셈이지."

"유치해."

그래. 지금은 유치하다고 생각할 것이다. 하지만 이게 '진짜' 사건이라는 걸 알면 생각이 달라질 것이다.

"싫다면 우리 반 아이들에게 동영상 뿌릴 거야."

"와, 지금 나 협박하는 거야?"

"맞아. 협박."

나는 씩 웃었다. 이미 김별은 걸려들었다. 내 손짓을 따라 움직이는 김별 눈동자가 떨렸다. 겉으로는 담담한 척했지만, 겁을 먹고 있었다. 게다가 은근히 이쪽에 꽤 관심이 있던 것 같다.

"그 사건이라는 거 검은 피 정도는 되는 거야?"

"그럴 수도 있지."

나는 모호하게 대답했다. 김별은 가만히 내 눈을 들여다보더니 말했다.

"알았어."

납치범

　사흘째 학원이 끝나는 8시에서 9시까지 잠복했다. 아빠에게는 온겸과 편의점에서 삼각김밥과 컵라면을 먹겠다는 핑계를 대고 홀로 어둠 속에 숨어서 지켜보곤 했지만, 소득이 없었다. 사이코패스일수록 뭔가 자신만의 규칙이 있다는 생각에서 고양이 사체가 발견된 그날과 같은 시각에 지켜봤지만, 옆집 남자는 나타나지 않았고 고양이 사체 또한 없었다.

　토요일인 오늘은 특별히 김별과 온겸까지 같이 감시에 나섰다. 놀이터 옆 벤치에 온겸과 일찌감치 만나 앉아 있으려니 7시 50분쯤 김별이 나타났다. 춤출 때 복장과 비슷한

헐렁한 청바지에 반팔 티셔츠 차림이었는데 모자는 안 썼다. 모자를 안 쓰니 단발머리가 돋보여서 더 귀여웠다.

"일찍 왔네."

"어."

김별은 온겸을 힐끗 보더니 옆 벤치에 앉았다. 온겸이 있어서인지 김별은 다시 단답형이 된 것 같다.

"자, 이렇게 우리 셋이 한배를 탄 거야. 너희 둘, 친하게 지내렴."

"친하게 지내긴 무슨. 난 한배 탈 생각 없거든."

온겸이 반항적으로 나왔다.

"그런데 왜 여기 앉아 있는 건데?"

"네가 도와달라며. 그냥 도와주는 거야. 배는 안 타. 네가 키를 잡은 배는 결국 침몰하고 말 텐데 내가 거길 왜 타냐."

"저주 내리는 거냐."

나는 눈에 불을 켰다. 우리가 티격태격하는 동안 김별은 아무 말도 안 하더니 한참 뒤에 한마디 했다.

"우리 쭈쭈바 먹자. 난 소다 맛."

김별 말이 떨어지기 무섭게 온겸이 벌떡 일어나 편의점으로 달려갔다. 언제부터 저렇게 말을 잘 듣고 부지런했는지 모를 일이다. 온겹은 콜라 맛 쭈쭈바를 입에 물고 와서는 김별에게 소다 맛을, 나에게 초코 맛을 주었다.

"넌 초코지?"

당연히 난 초코 맛이다. 내게 쭈쭈바는 언제나 초코 맛이라는 걸 온겹은 잘 안다.

"이제 우리 뭐 해야 해?"

온겹이 물었다. 내가 직접 그린 몽타주를 내밀었지만 두 사람은 고개를 절레절레 흔들었다.

"누군지 절대로 못 알아보겠는데?"

그동안 내가 구구절절 설명한 이야기들은 이미 뇌에서 휘발되어 날아가 버린 걸까. 아무리 직접 보면 엄청 수상해 보일 거라고 설명해도 두 사람은 바보처럼 쭈쭈바만 입에 물고 있을 뿐이다. 옆집 남자에 대한 내 이야기를 믿지 않는 것처럼 보이기도 했다. 아무래도 내가 동료들을 잘못 고른 것 같다.

그래도 아이스크림은 시원했다. 이제 슬슬 저녁에도 덥다는 생각이 드는 계절이 왔다. 그날 이후 옆집 남자를 본 적은 없었고 그가 옷차림을 바꿨을지도 모른다는 생각이 들었다. 얼굴도 정확하지 않은 옆모습뿐이었고 정면에서 마주한다면 못 알아볼 수도 있다. 확실한 것은 그가 사는 곳. 여기서 또 고양이를 죽일 때까지 기다리는 게 아니라 우리 집 문 뒤에서 귀를 기울이는 게 빠를 수 있다.

"야, 동생."

누군가 쓱 다가와 쓱 말했다. 나를 동생이라고 부를 만한 인간은 여지욱 하나뿐인데, 그가 집 밖에서 알은척한 건 유치원 시절 이후 처음이다. 초등학생이 되고부터 나를 부끄럽게 여겼는지 본체만체하던 싸가지가 오빠란 얘기다. 게다가 동생이라는 호칭은 태어나서 처음 들어 봤다.

"어머, 오빠! 하고 반기기라도 할 줄 알았냐? 갑자기 왜 알은척이야?"

"그냥 여기서 뭐 하나 해서."

갈수록 가관이다. 여태 내가 어디서 뭘 하는지 관심도 없었으면서 갑자기 무슨 소리람.

"지우개 형 오랜만."

온겸이 말을 보탰다. 오빠가 주먹을 불끈 쥐었다. 하지만 여느 때처럼 그 주먹을 휘두르지는 않았다. 오빠는 지욱이라는 이름에서 딴 단순한 별명인 지우개를 정말 싫어해서 일부러 시비를 거는 온겸에게 늘 주먹질을 하곤 했다. 하지만 오늘 오빠는 마치 다른 사람이 된 것처럼 온순했다.

"뭐 하는데?"

오빠가 다시 물었다. 순간, 아주 찰나의 순간. 나는 보고 말았다. 오빠가 김별을 잠깐 아주 잠깐 0.5초가량 본 것이다. 김별이 좀 귀엽긴 했지만, 오빠가 첫눈에 반해서 안 하던 짓까지 하면서 말을 걸어왔다고 생각하기에는 이상한 점이 많았다. 하지만 그 이유 말고는 오빠를 이해할 방법이 없었다.

"탐정놀이한다."

이제 그만 가 버리라는 뜻으로 한 말이다. 내가 탐정이 되겠다고 할 때마다 오빠가 코웃음 치며 비웃는 것을 안다. 그런데 이번에는 그러지 않았다.

"도와줄 거 있어?"

세상에서 가장 다정한 오빠인 척 구는 게 구역질 났지만 나는 짐짓 모른 척했다. 어쩌면 인력을 공짜로 부릴 절호의 기회다. 오빠는 공부는 못하지만, 얼굴이 권력인 사람이라 쓸 데가 있을지 모른다. 오빠를 소개해 달라는 말을 얼마나 많이 들었는지 모를 정도로 얼굴은 봐 줄 만하다. 정보를 모으거나 누군가에게 도움받을 때 유용하게 쓸 수 있을 것이다.

"나 이제 가야 해."

이렇게 저렇게 오빠를 활용할 궁리를 하는데, 갑자기 산통을 깨는 대사가 튀어나왔다. 김별이 다 먹은 쭈쭈바를 들고 자리에서 일어섰다.

"벌써?"

"오늘 시간 별로 없다고 했잖아. 잘 먹었어. 또 보자."

김별은 우리 아파트에 사는 게 아닌 데다가 오늘은 스케줄이 안 된다며 잠깐 들른 참이다. 아무리 그래도 그렇지. 나를 제쳐 두고 온겸에게만 인사하고 미련 없이 가 버렸다. 저 멀리 주머니에 손을 찔러 넣고 아무 일도 없었다는 듯이 걸어가는 녀석의 뒷모습이 보였다. 동시에 도와준다던 오빠도 자리를 떴다.

"나 전에 쟤 영상 봤어."

온겸이 묻지도 않은 말을 했다.

"그래서?"

"연예인 보는 것 같아서 좀 어색했다는 거지. 쟬 꼭 끼워야겠어?"

"사람은 많을수록 좋으니까."

"이제 우리끼리 찾으러 가 보자."

온겸이 앞장섰다. 오늘은 날벌레가 덜 달려드는구나 싶었는데, 온겸이 앞에서 팔을 휘휘 저으며 가고 있었다. 이럴 때는 도움이 좀 되는 녀석이다.

아파트 단지를 얼마나 돌았을까. 후미진 화단 쪽으로 가는데, 무슨 소리가 들렸다.

"쉿!"

"소연아, 소연아."

어떤 남자가 목소리를 낮추고 부르는 소리였다.

"이리 와 봐. 괜찮아. 괜찮다니까."

캄캄해서 잘 보이지는 않았지만, 남자의 목소리는 한 번에 알아들을 수 있었다. 이사 온 날, 센서 등이 켜지자 훅 날아온 굵은 목소리.

그날처럼 나는 혼자 입을 틀어막았다.

"우리 집에 가면 엄청 좋아. 맛있는 것도 많은데? 어때? 같이 가지 않을래?"

분명 소연이라는 아이를 데려가려고 꾀는 말투다. 보이지 않는 화단 쪽에서 움직임이 보였다. 따라가려는 걸까.

"아!"

나는 소리치고 말았다.

후다닥. 남자가 달아나기 시작했다. 우리는 득달같이 남자에게 따라붙었다. 하지만 그때 배달 오토바이가 나타났다. 연이어 또 한 대 더. 주말 저녁, 배달이 많을 시각인지라 남자가 멀리 사라져 버리도록 우리는 오토바이를 피하느라 바빴다.

"소연이는?"

뒤늦게 소연이 떠올라 다시 그 자리로 돌아가 봤지만 이미 사라진 뒤였다.

"아, 그냥 둘 걸 그랬나? 증거를 잡아야 했는데. 내가 다 망쳤어."

"하지만 더 두고 봤다가 무슨 일이라도 일어났으면 어쩔 뻔했어. 저 사람이 정말 납치범이라면 아이를 다치게 했을 거야."

듣기만 해도 끔찍한 일이다. 아무 증거도 잡지 못한 게 아까웠지만, 오늘은 이 정도까지만 해야 할 것 같다. 옆집 남자 목소리라는 것도 내 생각일 뿐 물증은 없다.

"신고해 봤자 증거도 없고……. 그 사람이 그럴듯하게

반박하면 우리 같은 애들 말은 믿어 주지도 않을 거야. 소연이라는 애라도 찾으면 모를까."

"괜찮아?"

온겸이 내 손을 바라보며 물었다. 손이 부들부들 떨렸다.

"그, 그냥 수전증 같은 거야!"

인정하기 싫었다. 내가 그토록 고대하던 사건이 드디어 일어났는데 왜 이리 손이 떨리고 가슴이 쿵쾅거리는 걸까. 다리가 후들거려서 집까지 걸어 올라갈 엄두가 나지 않았다. 엘리베이터를 타야 했다. 방금 누군가 타고 올라갔는지 엘리베이터는 16층에 멈춰 있다. 그걸 보는 순간 다시 심장이 요동쳤다. 1층으로 내려온 엘리베이터를 타고 올라갈수록 내 심장은 점점 더 빨라졌다. 당연히 옆집 남자는 나를 기다리고 있지 않았다. 남자는 소리를 지른 사람이 나라는 것도 모를 것이다. 그리고 어쩌면 내 직감이 빗나가 옆집 남자가 범인이 아닐 수도 있다. 탐정은 편협한 시선에서 벗어나 모든 가능성을 열어 두어야 한다.

집에서 마주친 오빠는 다시 원래의 싸가지 여지욱으로 돌아와 있다. 나에게 말을 걸지 않는 건 물론이고 집 안에서 우연히 마주치게 되면 싸움꾼이라도 되는 것처럼 나를 밀쳤다. 굳이 나도 왜 달라진 모습을 보였는지 묻고 싶지 않았다. 납치 미수범이 옆집에 산다는 이야기를 이 인간에게 어떻게 털어놔야 할지부터가 고민이다. 믿지 않을 게 당연하니까. 우정을 바탕으로 한 관계인 온겸보다 훨씬 더 난코스다.

새 수첩을 펼쳤다. 이제 새로운 국면에 접어들었다는 것을 내면의 나에게, 또 혹시나 내가 무슨 일을 당하면 훗날 이 수첩을 볼 사람에게 알려야 한다.

옆집 남자

- 타인을 지나치게 경계함(배달 치킨 건).

- 고양이 사체가 발견된 현장에 있었음. 더운 날 긴팔 후드 점퍼.

- 쫓아가니 도주.

- 소연이라는 여자애를 집으로 데려가려고 했음. 납치!

- 이삿짐에 있던 손. 혹시 토막 살인? 정말 마네킹?

- 지켜보기. 그리고 증거 잡기.

소연

문이 열리는 소리가 났다. 나는 재빨리 튀어 나갔다.

쾅!

또 문은 다시 닫히고 말았다. 나오려던 남자는 도로 들어가 버렸다. 지금 이러기를 몇 차례. 문이 열릴 때마다 담배 찌든 냄새가 났다는 것 말고는 별다른 특징은 없다.

- 혼자 산다. 드나드는 다른 사람을 본 적이 없고, 늘 1~2인 소량의 음식을 배달시킨다.
- 더욱더 사람을 경계하기 시작했다. 나는 물론이고 우리 집 식구 중 그의 얼굴을 마주 본 사람이 없다. 엄마는 1층에서

엘리베이터를 타려다가 마주쳤는데 남자가 도로 내렸다고 한다. 16층이 이미 눌러져 있어서 이웃인 걸 알았다고. 저번에 내가 탔을 때보다 더 경계하는 것 같다. 내가 옆집에 산다는 것은 몰랐기에 같이 탔을지도 모른다. 그렇다면 엄마가 옆집에 사는 이웃이라는 것을 남자가 알고 있다는 소리다.

－직업이 없다. 출근하지 않는다. 불규칙한 생활을 하는 듯. 집 밖으로 잘 나오지 않는다. 무슨 불법적인 일을 하는 것일 수도. 집에서 대마초를 키워서 판다거나? 물론 내 짐작일 뿐이다.

－담배. 집 안에서도 피우는 골초인 듯.

새로 추가된 정보는 이 정도다. 저녁마다 아파트 단지를 도는 건 온겸이 맡겠다고 했으나 딱히 수확이 없다. 아무래도 몸을 사리고 있는 것 같다. 몇 번 그가 나오는 걸 봤지만, 편의점에 갔다가 잠시 화단을 기웃거리는 게 다라고 했다. 쓰레기 줍는 걸 본 적도 있다고 했다. 다 그저 그런 눈속임일 것이 뻔하다.

게다가 나는 학생의 몸. 학교도 학원도 가야 하니 낮 시간대에는 관찰할 수 없었다. 아빠와 오빠도 각각 일터와 학교에서 하루 대부분을 보내야 하니 남는 건 엄마뿐이다. 엄마도 일을 하긴 했지만, 사장님이라 자유롭다.

"식물의원은 요즘 바쁜가?"

저녁을 먹다가 나는 넌지시 엄마를 떠보았다. 엄마는 꽃을 좋아한다. 그래서 꽃을 꺾는 게 불쌍하다며 아파트 단지 상가에서 꽃집이 아닌 화분 가게를 한다. 꽃다발은 취급하지 않았고, 화분을 팔거나 아픈 식물들을 치료했다. 그래서 이름도 식물의원이다.

"바쁘긴. 수다 떨고 싶은 손님만 바글대지."

엄마는 퉁명스럽게 말했다.

"그럼 내 부탁 좀 들어줄 수 있겠남?"

"뭔 부탁? 싫어. 안 들어줘. 무서워."

엄마가 귀를 막고 고개를 세차게 흔들었다. 피, 시체, 좀비, 귀신 그런 건 질색인 엄마였다.

"점심 먹으러 집에 오갈 때, 이상한 거 보면 알려 줘."

나는 차마 옆집 남자를 관찰해 달라는 말은 못 하고 돌려 말했다.

"이상한 거? 그게 뭐야?"

"그리고 가게에서 이상한 소문 들으면 알려 줘."

엄마 얼굴이 조금 일그러졌다.

"안 그래도 이상한 소문이 돌더라."

"소문?"

"고양이 사건 말이야……."

"그 뒤로 없었잖아?"

"아니. 32동 아줌마가 그러는데, 사실 그 뒤로도 몇 번 더 있었대."

"뭐?"

"아파트 관리실이랑 부녀회장이 집값 떨어진다고 쉬쉬한다지 뭐야. 애고 그러면 쓰나. 독을 넣은 먹이를 먹고 세 마리가 한꺼번에 죽은 일도 있었다던데. 아무리 주인 없는 길고양이라지만 불쌍해서 어쩌니."

멈췄다고 생각했다. 하지만 사건은 여전히 진행 중이다. 그가 움직이고 있는 것이다. 갑자기 검은 피 연쇄 살인 사건이 떠올랐다. 첫 사건이 일어나기 얼마 전 그 동네에 고양이들이 독을 먹고 거리에 쓰러져 죽어 있던 일이 있었다. 그걸 대수롭지 않게 여기던 경찰은 그래서 첫 살인을 막지 못했다. 범죄 심리학자들은 연쇄 살인의 전조일 수 있다고 입을 모았지만, 범인이 잡히지 않은 지금까지도 추측일 뿐이다.

살인에 대한 예행연습을 동물에게 하고 있다는 생각이 들었다. 난도질된 고양이 사체까지 나왔으니 범인의 살해 욕구는 극으로 치닫고 있을 것이다.

"또 무슨 이야기가 들려오면 말해 줘. 꼭."

"너 또 고양이 죽인 범인 잡겠다고 찾아다니는 건 아니지?"

"아냐. 학교에서 동네 신문 만드는 수행 평가가 있어서 그래."

나는 1초도 망설이지 않고 거짓말을 했다. 남의 거짓말을 잘 눈치채는 것만큼이나 거짓말하는 데 능숙하다.

"그래? 아유 그런 거라면 내가 손님들에게 물어봐서 기사를 모아 줘야지. 우리 가게에 동네 정보통 손님들이 많이 온다니까."

안 그래도 엄마 가게는 식물 좋아하는 아주머니들 사이에서 사랑방 같은 곳이다. 가게 매출과 상관없는 사람들이 많이 드나들어서 영 마음에 안 들었는데 이번 기회에 도움이 될 모양이다.

"엄마, 혹시 소연이 누군지……."

그때 또 밖에서 무슨 소리가 들려왔다. 나는 후다닥 현관으로 달려갔다.

"자꾸 뭐 하는 거야? 문 부서지겠다."

엄마가 뒤에서 핀잔을 줬지만 어쩌면 절호의 기회일지 모르는 시간을 놓칠 수는 없었다. 문을 확 열어재꼈다.

"깜짝이야. 뭔데?"

문 앞에는 오빠가 서 있었다.

"뭐야, 너였어?"

"나지 그럼 누구야?"

오빠는 문을 막고 서 있는 나를 밀고 집으로 들어왔다.

"설마 아빠인 줄 알고 그렇게 반긴 거야? 네가 그런 딸이 아닌데?"

오빠가 이죽거렸다.

"아. 몰라. 수상한 사람 못 봤어?"

"수상한 사람? 그건 또 뭐야?"

역시 오빠에게 묻는 게 아니었다. 오빠는 손도 안 씻고 곧장 식탁으로 가 앉았다. 엄마는 손 닦으라는 잔소리 대신 조용히 물수건을 만들어 내밀었다. 오빠가 왕싸가지가 된 데는 엄마 탓이 90퍼센트이고, 나머지 10퍼센트는 잘생긴 외모 때문이다. 오빠가 잘생긴 건 인정한다. 나에게 그 유전자가 안 왔다는 것은 슬픈 일이지만.

"아들, 맛있어?"

엄마는 오빠가 국을 떠서 입에 채 가져가기도 전에 물었다. 오빠는 짜증 섞인 얼굴로 대답도 안 했다. 저런 냉혈한이 저번에는 무슨 바람이 불어서 다정한 척을 했는지 궁금하다. 정말 김별에게 첫눈에 반해 관심을 보인 건지. 아니면 다른 어떤 이유가 있는지. 다른 이유가 있다면 보통의 인간이라면 이해 못 할 이유일 거다. 차라리 김별 때문이라는 게 낫지. 어쨌든 동네 정보 모으는 데 오빠가 쓸모 있을 것 같다. 예를 들어 소연이 누군지 알아본다거나.

"오빠."

나는 부드러운 목소리로 오빠를 불렀다. 오빠가 귀신이라도 본 얼굴로 나를 보더니 식탁에 마주 앉아 아들 밥 먹는 걸 보던 엄마에게 고개를 돌렸다.

"엄마, 쟤 미쳤나 봐."

"아들, 밥이나 먹어."

엄마는 오빠를 우쭈쭈 달래듯 말했다. 지금 시대가 어떤 시대인데 엄마는 남녀 차별을 하는가. 아들과 딸을 차별하는 시대는 이미 아주 아주 오랜 옛날 아닌가.

"참, 계란말이도 있는데. 데워 줄게. 잠깐."

엄마가 벌떡 일어나 주방으로 갔다. 내가 먹을 때는 없던 반찬이 짠 하고 생긴 것은 억울하지만 지금이 기회다.

"오빠, 저번에 도와준다며?"

"응? 돈 꾸는 거 아니지?"

말은 그래도 오빠는 저번 일이 생각나는지 좀 풀어진 얼굴이다.

"오빠, 김별 알지?"

"김별? 아이돌이야?"

역시 이름은 몰랐다. 그렇다면 역시 영상을 본 것이다.

"오빠, 동영상 본 거지?"

"동영상? 너 그런 거 봐?"

갑자기 엄마가 계란말이가 담긴 접시를 들고 우리 사이에 껴들었다. 오빠는 또 얼굴이 구겨졌다.

"무, 무슨 소리야?"

"그래. 네 나이에 야한 동영상 하나 안 보는 게 이상한 일일지도 몰라. 하지만 지욱아, 그런 동영상은 진실이 아니란다. 흥미를 위해 과장된……."

엄마는 성교육 책에서 본 것 같은 내용을 읊어 댔다. 오빠 얼굴이 빨갛게 변했다.

"아, 아니야! 여다래의 농간이라고!"

이게 아닌데, 상황이 점점 다른 쪽으로 흘러갔다. 오빠가 정말 김별 때문에 친절해진 거면 그걸 이용해서 소연에 대해서 알아내려는 계획이었다. 이 동네에 오빠가 못 알아낼 중고생은 없으니까. 오빠는 길길이 날뛰었고 엄마는 그런 오빠가 저녁밥을 안 먹겠다고 할까 봐 달래느라 바빴다. 한숨이 절로 나오는 상황이다.

"엄마, 나 편의점."

나는 이상한 쪽으로 흘러가는 상황을 피하려고 밖으로 나왔다. 엘리베이터가 올라오길 기다리고 있으려니 내가 지금 뭐 하고 있는 건지 허무하기만 했다. 사건만 만나면 내가 멋지게 해결할 줄 알았는데 탐정놀이는 지지부진하기만 했다. 그때 옆집에서 작은 목소리가 들려왔다.

"잠깐만."

현관문 바로 뒤에서 옆집 남자가 통화라도 하는 것 같았다. 밖으로 나오려나? 나는 얼른 계단참으로 내려가 움직임을 멈췄다. 계단실 센서 등이 빨리 꺼지지 않아서 미칠 것 같았다.

두근.

두근.

두근.

조용한 계단에서 내 심장 소리만 크게 느껴졌다. 다행히 남자는 바로 나오지 않았다. 센서에 감지되지 않도록 움직이지 않고 귀신처럼 서서 귀를 기울였다.

수사

"안 돼. 가지 마. 소연아."

소연. 분명 소연이라고 했다. 역시 그날 밤 내가 착각한 게 아니다.

"이리 와 봐. 너 나가면 안 돼. 여기서 살아."

남자는 계속 소연을 구슬려 집에서 못 나가게 하려는 것 같았다.

"안 돼. 안 된다니까."

현관 앞에서 소연이라는 사람과 남자가 실랑이를 하는 것 같았다. 한참 무슨 소리가 오가더니 남자가 소리치는 소리가 또렷하게 들렸다.

"야! 죽고 싶어?"

몸이 덜덜 떨렸다. 이건 진짜 사건이다.

명탐정 여다

> 탐정단 단체 톡방 개설!

하온겸

> 탐정단? 대 유치.

별

> 안녕?

하온겸

> 뭔 일 있었어?

명탐정 여다

> 대박 사건이야. 긴급회의 시작한다. 다들 준비됐지?

설명하려니 조금 전의 떨림이 다시 느껴졌다. 여자의 비명이 이어질 것만 같아 떨리는 손으로 휴대폰을 꺼내 112를 눌렀다.

명탐정 여다

소연 찾은 것 같아!

별

아, 전에 나 간 다음에 봤다는 소연?

하온겸

어디서 찾았어?

명탐정 여다

옆집. 얘기하자면 길어.

통화 버튼을 누르려고 할 때가 되어서야 조금 진정한 듯한 남자의 목소리가 들려왔다.

"소리 질러서 미안해. 괜찮아. 괜찮아."

어르고 달래는 남자의 다정한 목소리에 안도의 한숨이

나왔지만, 금방이라도 어떤 일이 벌어질까 봐 겁이 났다.

별

112 신고해. 어서!

명탐정 여다

신고했지. 그래서 경찰도 다녀갔고.

의심되는 내용 그대로 신고하면

남자가 소연을 애인이라고 둘러댈 게 뻔하고.

그럼 헛일이잖아.

그래서 아동 학대가 의심된다고 신고했어.

수상한 소리가 난다고.

별

오.

명탐정 여다

하지만 경찰이 와서 둘러보고 그냥 갔어.
오해였다고. 그 집에는 아이가 없다고.

하온겸

적어도 소연이라는 여자가 아이는 아니라는 소리구나.
그럼 데이트 폭력일 수도 있겠다.

별

그래서 회의하자는 거구나?

명탐정 여다

맞아. 우리가 나서야 할 것 같아.

증거가 없다면 경찰이라도 해결할 수 있는 일이 많지 않다. 사건 사고 기사를 달고 살기에 예측할 수 있는 시나리오다. 폭행 사건으로 경찰이 온다 해도 범인이 집안 문제혹은 개인적인 애정사라고 해 버리면 아무것도 할 수 없게될 일이다. 소연이라는 사람이 뛰쳐나오거나 소리치거나 요동치는 소리가 들리지 않는 거로 봐서 실제로 온겸 말대로 비뚤어진 연인 관계일 수도 있었다.

그래서 너희에게 도움을 청하는 거야.
나한테 소연이라는 사람에 대해
확인해 볼 좋은 생각이 있거든.

하온겸

좋은 생각인지는 들어 보고 결정하마.

나에게는 몇 가지 아이디어가 있다. 정말 온겸 말대로 좋은 생각인지는 확실하지 않지만 말이다. 우선 그걸 실현해 줄 사람들이 필요하다. 나는 수첩에 정리해 둔 내용을 사진으로 찍어서 아이들에게 보냈다.

작전 1.

소연에 대해 알아보기.

하온겸 : 동네 사랑방인 엄마 가게 '식물의원' 이용하기.

김별 : 모르는 여자 중고생이 없는 여지욱 이용하기.

작전 2.

여다래 : 옆집 남자 생활 패턴 분석.

쓰레기 분석. 현재 진행 중.

작전 3.

여다래, 김별, 하온겸 : 옆집 첨투 작전.

단, 소연이 안전하다는 것을 확인한 뒤.

하온겸

식물의원을 왜 내가 맡는데? 네 엄마잖아?

명탐정 여다

난 옆집 지켜봐야지.

별

여지욱이 누구야?

우리 오빠.

하온겸

옆집 침투는 어떻게 한다는 거야?

너 무단 침입도 범죄인 거 몰라?

명탐정 여다

우리가 경찰도 아닌데 어쩔 수 없잖아.

머리를 써서 쳐들어가는 수밖에.

아무래도 설명해 줄 것이 너무 많다. 하지만 우리 셋은 각자 학원 스케줄로 인해 무지무지 바쁜 중학생이다. 지척에 살면서도 만나서 이야기하지 못하는 이 안타까운 현실. 하지만 메시지와 채팅이 더 편한 우리다. 정리해 두기도 이런 식이 편하다. 나는 인내심을 가지고 질문에 대해 답변을 해줬다. 자세한 지령도 내렸다. 온겸은 우리 엄마 가게에 아르바이트생이 되어야 하고 김별은 우연을 가장해 우리 오빠와 친해져야 한다. 오빠와 나는 동영상 사건으로 그나마 하던 몇 마디 대화도 안 하는 사이가 되었다.

명탐정 여다

다들 잘할 수 있지?

별

안 하면 내 비밀 폭로한다며? 어쩔 수 없지.

하온겸

하아.

비록 협박과 억지로 이어지는 의리 때문이지만, 아이들은 작전을 실행하기 시작했다. 일단 엄마에게 온겸을 아르바이트생으로 추천했다. 엄마는 어이없다는 표정으로 말했다.

"다 망하게 생긴 가게에 웬 군식구?"

"이제 곧 방학이잖아. 점심에 엄마 밥 먹으러 갈 때 가게도 지키고, 어쩌면 엄마가 제자로 삼을 수도 있어."

나는 엄마가 늘 식물 치료하는 일을 배울 사람이 있었으면 좋겠다고 한 말을 기억하고 있었다. 엄마 눈이 아주 잠깐 반짝 빛났다.

"온겸이 식물 키우는 걸 얼마나 좋아하는데. 엄마 그거 몰랐어?"

"어. 전혀 몰랐는데?"

엄마는 혹시나 그 집에 화분 하나 없다는 걸 알까 봐 불안했다. 엄마 없는 온겸이 안쓰럽다고 종종 반찬을 해다가 온겸에게 전달해 주기 때문이다. 그런데 발코니까지는 안 가 봤는지 식물을 기르지 않는다는 걸 모르는 눈치다.

"알바비는 많이 못 줘. 알지? 엄마 가난한 거……."

"일을 알려 주는데, 수강료는 못 낼망정 웬 알바비야? 온겸이 그런 거 안 바라. 그냥 햄버거나 한 번씩 사 줘."

"그래? 그런데 뭔가 이상한데……. 처음에는 아르바이트라고 하지 않았어?"

"어? 내가? 그랬나? 정신이 없어서 잘못 말했나 보다."

다음 날부터 온겸은 곧바로 식물의원에 투입됐다. 아직은 학원 가기 전에만 봐 주는 정도지만, 다음 주부터는 방학이라 종일 가게를 지키면서 내 눈과 귀가 되어 줄 예정이다. 식물의원은 단지 내 상가에 있으니 아파트 단지를 관찰하고 내 부름에 언제든 출동하기에도 좋은 자리다.

명탐정 여다

> 오늘 보고들 하시오.
> 남자는 종일 집 밖으로 나오지도 않음.
> 집에 택배가 오기 시작함.
> 아무래도 소연 씨에게 필요한 물건을 산 듯.

하온겸

> 내가 왜 이 유치한 짓을 해야 하는지 모르겠지만.

명탐정 여다

> 보고를 하라고!

하온겸

> 아파트 입주 때부터 살던 김 씨 아저씨가 갑자기 이사 가서 소문이 무성함.

> 상가 미용실 아줌마가 곗돈을 떼였음.

관리실에 민원이 들어와서
길고양이 밥 주는 사람들 단속하기로 함.

어제 옆 아파트에서 주차 시비가 일어서 경찰까지 옴.

사소한 일 보고 끝.

　일단 모두 수첩에 옮겨 적었다. 아무리 사소한 일도 사건과 연관이 있을 수 있다. 되도록 많은 정보를 모아 퍼즐 조각을 찾아야 한다.

명탐정 여다

별이는? 내가 알려 준 학원 앞에서
여지욱 만났어?

별

아니.

명탐정 여다

왜? 내가 만나러 가라고 했잖아.

별

> 만나긴 했는데, 학원 앞은 아니고.

김별은 오늘 일을 이야기하기 시작했다. 원래 계획대로라면 내가 알려 준 오빠 학원 앞으로 가서 오빠에게 길을 물어보는 것으로 시작해야 했다. 그렇게 말을 걸고, 저번에 보았던 우리 오빠라는 것을 깨닫는 척하는 시나리오였다.

"어머, 오빠! 다래 오빠 아니세요?"

이렇게 친분을 쌓고 학원에 등록하려는데 물어볼 게 이것저것 있다며 따로 만나 더 친해진 뒤 소연이에 대해 물어볼 작정이었다. 물론 내가 짠 계획이다. 김별은 온겹처럼 유치한 작전이라며 펄펄 뛰었지만 결국 이행해 주려고 집을 나섰다. 그런데 뜻밖에도 집 앞에서 오빠를 만난 것이다.

"어?"

놀라서 멀뚱히 서 있는 김별에게 오빠가 먼저 다가왔다.

"나 너 알아."

"네?"

"너 스트리트 댄서 맞지?"

김별은 너무나 놀랐다. 오빠 입에서 그런 말이 나올 거라고는 생각지도 못했다.

"저번에 다래랑 있는 거 보고 한눈에 알아봤지. 깜짝 놀랐어. 내가 네 팬이거든."

"그런데 우리 집은 어떻게……."

김별 집은 우리 아파트 옆 빌라다. 오빠는 길 가다 우연히 그 애가 어느 빌라로 들어가는지 본 것이다. 그리고 당연한 듯 머릿속에 입력. 역시 우리 동네 또래 여자애들에 대해 모르는 게 없는 여지욱답다.

별

그래서 내일 만나기로 했어. 햄버거 사 준대.

명탐정 여다

그럼 내일 물어봐.

별

그런데 아무리 싸웠어도 네 오빤데,

솔직히 다 말하고 도와달라고 하면 되는 거 아니야?

명탐정 여다

안 돼. 절대.

가족들이 알면 끝장이다. 위험한 짓을 한다고 아빠는 날 집에 가두고 엄마는 끊임없이 잔소리할 것이다. 오빠에게 이 일은 좋은 협박거리일 뿐이다.

아이들 덕분에 그래도 뭔가 조금의 진척이 생긴 기분이다. 사실 이 모든 것은 진짜 작전인 세 번째 작전을 위해서다. 이 작전은 내가 생각해도 대담하고, 위험하다. 머릿속이 복잡해졌다. 환기를 위해 나는 어제 미처 다 못 본 「미녀 탐정 재시」 244화를 열었다.

사건 현장은 끔찍했다. 바닥은 흘러넘친 피로 가득 차 마치 붉은빛 거울처럼 보였다. 코를 찌르는 피비린내가 아니라면 루비를 녹여 코팅해 놓았다는 착각이 들 정도였다.

"아름다워."

재시는 자기도 모르게 내뱉었지만, 금세 정신을 차리고 죽은 자에 대한 예를 갖추었다.

"죄송해요. 하지만 범인의 마음을 알기 위해 그 입장에서 생각하다 보면 가끔 이렇게 잔인해진다니까요. 그들은 살인 자체를 황홀한 예술품이라 여기기도 하니까요."

그녀 앞에 서 있던 두 남자 줄란과 아스왈은 이해한다는 듯 고개를 끄덕였다. 그들도 무수히 많은 사건을 쫓아왔으므로 재시의 반응에 어느 정도 공감하는 바였다. 물론 그들은 경찰이었고, 재시는 탐정이라는 점이 다르지만.

"아스왈, 이 건물 출입 통제 언제 했지?"

"아, 경감님. 그, 그게…… 아침 8시입니다."

"뭐?"

줄란이 큰 소리를 내자 아스왈이 움찔했다.

"사건 현장이 새벽 6시에 집주인에 의해 발견되었다고 하지 않았나? 그런데 통제를 8시에 했다고? 그러면 범인은 그전에 현장을 벗어났을 거네."

"죄송합니다. 어쩔 수 없었습니다. 주민들의 반발이 거셌거든요."

"허, 참. 멍청하긴."

아스왈은 줄란에게 꼼짝없이 당하면서도 더 변명하지 않았다. 재시는 두 사람이 늘 그런 관계라는 것을 이미 알고 있었다. 계급이 다르긴 했지만 아스왈이 일을 제대로 처리했을 때도 줄란은 늘 아스왈을 타박했다. 본인의 잘못에 대한 책임도 전가하기 일쑤였다. 소심한 아스왈은 그때마다 마냥 죄송하다고 고개를 숙이기만 했다.

"재시, 당신의 생각을 이제 말해 주십시오."

줄란이 재시에게 추리를 요청했다. 늘 하듯 그들은 재시의 말을 기반으로 수사를 진행해 나갈 것이다.

"범인은 표식을 남기는 데 많은 공을 들였어요. 피해자를 찌르고 나서 그 횟수만큼 점을 찍었다고 다들 생각하지만, 사실은 그게 아니에요. 표식에 점을 먼저 찍고 그다음에 찔렀죠. 마치 목표치를 정해 놓고 자신을 시험한 것처럼요. 이번 피해자는 다섯 번을 찔러 다섯 번째 칼질에 목숨을 끊어 놓겠다는 의지를 보인 거예요. 앞선 네 번의 칼부림은 교묘하게 급소를 비껴가게 찔러 과다 출혈만 일으켰어요. 결정적인 죽음은 다섯 번째 칼로 결정됐죠."

재시는 멍하니 자신을 바라보고 있는 두 남자를 보고 씩 웃었다. 아마 그들은 생각할 것이다. 그녀의 아름다운 외모만큼이나 아름다운 추리력이라고. 하지만 고개를 끄덕일 줄 알았던 아스왈은 고개를 가로저었다.

"그게 아니에요. 재시."

"예?"

재시는 귀를 의심했다. 줄란도 놀란 얼굴로 아스왈을 바라봤다. 아스왈은 다시 한번 말했다.

"아니라고요."

다음 화에 계속.

"아 뭐 이렇게 끝나."

나는 휴대폰을 집어던질 뻔했다. 「미녀 탐정 재시」는 늘 재시의 승리로 끝났다. 그런데 이번에는 찜찜하다. 재시가 곤경에 처하는 느낌으로. 속임수겠지? 다음에는 분명 재시가 통쾌하게 한 방 먹일 것이다.

빨리 다음 화를 보고 싶은 마음이 들었지만, 며칠 더 기다려야 한다. 얼마 전 하이즈는 연재를 주 2회로 줄였다.

마음 같아서는 작가를 찾아가 닦달이라도 하고 싶었지만, 팬이라면 그런 것도 이해해 줄 줄 알아야 한다.

복잡한 머리를 정리하려고 본 소설이 가슴까지 답답하게 만들었다. 나는 최후의 수단으로 아이스크림을 꺼내 입에 물고 침대에 벌러덩 누웠다. 아무래도 오늘은 악몽을 꾸고 가위도 눌린 것만 같은 기분이다.

범인의 흔적

"오늘은 프로파일러 박진석 씨를 모셨습니다. 검은 피 살인 사건……. 지금은 연쇄 살인이라는 게 밝혀졌는데, 이 사건을 처음 접했을 때 느낌이 특별하셨다면서요?"

"예. 첫 살인 사건 보도에서는 시그니처인 검은 피로 그린 사인이 보도되지 않았는데요, 그럼에도 불구하고 저는 직감적으로 이게 연쇄 살인으로 가겠다고 느꼈습니다."

텔레비전 토론 프로그램에서 오늘 검은 피 연쇄 살인 사건을 다룬다고 해서 벼르던 참이다. 엄마가 있었다면 분명 꿈에 나올까 무섭고 끔찍하다고 휴대폰으로 혼자 보는 것도 말렸을 거다. 다행히 엄마는 가게에 수다쟁이 손님이

오는 바람에 늦게 퇴근할 예정이다. 이 손님이 남편과 싸우고 오는 날이면 몇 시간이고 신세 한탄을 늘어놨다. 오빠는 오자마자 내 쪽은 쳐다도 안 보고 자기 방으로 곧장 들어가 게임을 하고 있다.

"사이코패스 범죄에서는 일부러 보란 듯이 범죄 현장을 드러내려는 특징을 볼 수 있는데요. 집 안에서 살인을 벌여 시체를 처리하거나 숨길 수 있음에도 문을 활짝 열어 놓았다는 점, 분명 몸싸움이 있어 집 안이 어지럽혀졌을 텐데도 살인 후, 시체 주변을 일부러 깨끗하게 정리해 놓은 점에서 그랬습니다."

프로파일러 말을 들으니 나도 그게 생각났다. 뉴스에서 사건 현장은 모자이크 처리되어 있었지만, 방 모습이 나오면서 책상이 잠깐 잡혔는데 연필과 볼펜 등이 가지런히 한 방향으로 놓여 정리되어 있었다. 그게 너무 이질적이어서 범인이 정리해 둔 것이라고 직감했다.

"범인은 강박증이 있고, 섬세한 사람일 겁니다. 또 의류용 염료를 사용했다는 점에서 이쪽 일을 잘 아는 것 아닌가 추측됩니다."

프로파일러 말에 난 고개를 끄덕이며 대답까지 했다.

"그건 나도 그렇게 생각합니다."

공감하긴 했지만, 프로그램이 끝날 때까지 딱히 새로운 내용은 없었다. 그냥 오랜만에 다시 발생한 사건을 재조명하는 것에 불과했다.

하온겸

엄마 집으로 가심.

온겸이 메시지를 보내왔다. 나는 얼른 텔레비전을 끄고 소설책을 펼쳤다. 엄마가 만족할 만한 역사 소설로. 끔찍하지 않은 내용으로.

하온겸

이사 갔다던 김 씨 아저씨는 빌라 쪽 상가 건물을 사서 간 것이라 함.

옆 단지 미용실 아줌마 돈 떼먹은 계주가 붙잡힘.

화단 옆에서 비둘기 사체가 발견되었음.

> 이상. 오늘도 별거 없음.

엄마가 들어와 책을 읽고 있는 나를 빤히 바라봤다.

"뭘 잘못했기에 역사 소설 읽는 척을 하는 거지? 하이즈인지 하인즈인지 하는 그 웹 소설 안 보고?"

"업로드 내일이거든."

"잘나셨어. 어휴, 피곤하다. 온겸이 아니었으면 화분 나르다가 허리 나갈 뻔했어."

"도움이 된다니 다행이네."

사실 온겸이 엄마에게 도움이 되는지는 모르나 위장 취업은 우리에게 전혀 도움이 안 되고 있었다. 아파트라는 커뮤니티에서는 생각보다 인상적인 큰일이 일어나지 않았다.

별

> 소연이라는 사람 모른대.

김별은 오늘 있었던 일을 설명했다. 오빠와 만났고 오빠는 아주 친절했고, 햄버거 세트를 샀으며, 꽤 수다스러웠다. 친절했다는 말에 구역질이 났지만, 꾹 참았다. 방 안에 앉아 있는 저 무뚝뚝한 인간이 친절할 수 있다니 놀라운 일이다. 비교적 잘난 얼굴 덕분에 여자애들 사이에서 인기를 끄는 줄 알았더니 내가 모르는 자상함까지 숨어 있는 모양이었다.

별

> 좋은 사람인 것 같아. 그런 오빠가 있어서 부럽다. 여다래.

"뭐!"

나도 모르게 화를 내며 소리쳤다. 세수하던 엄마가 놀라서 튀어나왔다.

"왜? 무슨 일인데?"

"봐, 내가 소리 지르니까 엄마는 놀라고 걱정하잖아. 그런데 여지욱은 자기 방에 앉아서 내가 비명을 지르든 죽든 상관 안 해. 그런데 저게 좋은 사람이라고?"

"그게 무슨 소리야? 네 오빠가 설마 네가 죽는데, 가만히 있겠니?"

"그 소리가 아니잖아!"

나는 오빠 편만 드는 엄마까지 미워져서 자리에서 일어났다. 밤에 주로 활동하는 옆집 남자를 관찰할 시간이다. 나는 도어 폰으로 집 앞을 살폈다. 원래는 문을 열고 밖을 지켜보곤 했는데 아주 조금만 열고 있어도 티가 났다. 이렇게 화면을 보고 있다가 남자가 우리 집 앞 엘리베이터를 타고 내려가면 원래 볼일이 있는데 우연히 겹쳤다는 듯이 따라 나갈 생각이었다. 그런데 남자는 요즘 늘 집에 있었고, 집 앞에는 택배나 배달 음식만 놓였다.

오늘도 큰 성과를 기대하는 건 아니었다. 그런데 모처럼 누군가 옆집에서 나와 엘리베이터 앞에 서는 화면이 보였다.

"엄마, 나 편의점!"

"이 밤에?"

엄마가 잡을세라 얼른 튀어 나갔다. 엘리베이터 앞에 선 남자는 내가 전에 본 옆집 남자가 아니다. 훨씬 덩치가 크고 우락부락했다. 이 사람은 영락없이 조직폭력배 조직원으로 보였다.

"간다."

덩치 큰 남자가 옆집 쪽을 향해 말했다. 그러자 나를 의식해서인지 옆집 문이 쾅 닫혔다. 옆집에 손님이 온 적은 처음이다. 조폭이 집에 드나들 만큼 가까운 사이라니, 어쩌면 이 일은 생각보다 큰일일 수도 있다. 조직적인 인신매매, 장기 적출, 밀반입. 갖가지 단어들이 떠올랐다.

나는 조폭과 함께 엘리베이터에 올랐다. 웃긴 것은 조폭 손에 쓰레기봉투가 들려 있다는 거다. 남의 집 쓰레기를 대신 버려 주는 조폭이라니. 그것도 조폭의 의리라고 생각하니 재미있기만 했는데, 문득 다른 생각이 들었다. 꼭 몰래 버려야 하는 중요한 쓰레기라면? 봉투 안에 일반적인 쓰레기가 아닌 것이 들어 있다면? 안 그래도 쓰레기를 분석하겠다는 계획이 있었다. 그동안 옆집 남자가 쓰레기를 버리러 나오는 것을 포착하지 못해서 못했을 뿐이다.

이건 기회다. 나는 조폭이 쓰레기를 버리는 광경을 지켜보았다. 그가 자리를 뜨기를 기다렸다가 그 쓰레기봉투를 도로 꺼내 집으로 가지고 왔다. 내 방에서 그걸 여는데 만감이 교차했다. 무섭기도 하고 웃기기도 하고 뭐라고 해야 할지 모를 감정이었다. 내가 이걸 왜 하고 있는지 한심하기도 하고 자랑스럽기도 했다.

"이게 뭐야?"

신문지를 깔고 뜯어 놓은 쓰레기 봉지에서는 피와 살점 대신 파쇄된 종이 뭉치가 나왔다. 뭔가 기밀한 서류인 것 같았다. 그냥 종이로 분리배출해도 될 텐데 파쇄까지 해서 일반 쓰레기로 버린 종이 뭉치. 중요한 증거라고 여길 수밖에 없다. 하지만 이게 무슨 내용인지 도대체 어떻게 안단 말인가. 미친 게 아니고서야 이걸 일일이 연결해서 다시 붙일 수도 없는 노릇이었다.

다음날, 우리는 그 종이를 다시 붙이기 시작했다. 다행히 주말이어서 온겸과 김별이 우리 집으로 올 수 있었다. 내 방에 들어서 종이 뭉치를 보자마자 김별은 다시 붙여 보자고 했다.

"이걸 어떻게 해?"

"퍼즐처럼 하면 되지, 뭐. 여기 봐. 이 글자랑 이 글자 연결되잖아. 이런 식으로 하면 못할 것도 없을 것 같은데?"

나는 진심으로 김별이 또라이로 느껴졌다. 학교에서 애들하고 말도 안 섞을 때부터 알았어야 했다. 길거리에서 보란 듯이 춤추고 다니면서 주위에는 그걸 숨기는 것도 이상했다. 어느새 온겸도 별말 없이 김별을 도왔다. 그래서 나도 하게 되었다. 고생하는 두 사람을 그냥 지켜보고 있는 것도 예의가 아니었고 본래 쓰레기 분석은 내 담당이었다.

"그런데 검은 피 말이야."

"갑자기 검은 피?"

온겸이 검은 피 이야기를 먼저 꺼내는 바람에 좀 놀랐다. 온겸은 검은 피 사건에 대해서 이야기하기를 꺼렸다. 아무래도 여자들이 죽은 사건이라서 그런 것 같았다. 언젠가 온겸이 이야기한 적이 있다. 아이 엄마가 죽었다는 뉴스를 접할 때 엄마가 죽은 그 아이는 어떤 생각을 하고 있을지 궁금하다고. 사실은 생각이 궁금한 게 아니라 엄마 잃은 그 아이가 앞으로 어떻게 살아갈지가 궁금할 것이다. 나는 다른 아이가 아니라 온겸이 궁금했지만, 겁이 나서 한 번도 물어보지 못했다.

"검은 피는 이곳저곳 옮겨 다니면서 범죄를 저질렀잖아. 어떤 규칙으로 장소를 정하는 걸까?"

"밝혀지진 않았지만, 어떤 패턴이 있을 거야. 사이코패스 연쇄 살인범 중에는 그런 것에 집착하는 놈들이 있거든. 뭔가 미학이랄까. 자신만의 예술을 완성시키려는 의지가 있다고 해."

"진짜 미친놈이네."

"그런데 왜 물어봐?"

"식물의원에 앉아서 동네 아주머니들 이야기를 들으면서 생각했거든. 만약 이 동네에 사건이 일어날 거라면 그걸 막을 수 있을까? 사소한 정보라고 생각했던 동네 데이터들을 모으면 그걸 예측할 어떤 방법이 나오지 않을까? 그렇다면 사건이 발생하기 전에 범인을 잡아서 범죄를 막는 게 가능할 텐데 하고 말이야. 왜 그런 얼굴로 봐? 그냥 한번 상상해 본 거야."

나도 모르게 온겸을 뚫어져라 본 모양이다. 온겸이 이런 생각을 하고 있을 줄은 몰랐다.

"하이즈의 「미녀 탐정 재시」에도 나오지만, 연쇄 살인에는 전조가 보이기도 해. 동물이 죽는 일이 먼저 발생하기도 하지. 아니면 불을 지르는 것으로 살인에 대한 욕구를 표현하기도 한대. 그래서 방화범이었다가 연쇄 살인범이 된 예도 있지."

"그거 말이야. 동물이 죽는 일. 이 동네에서 자꾸 고양이 사체가 발견되는 일이 마음에 걸려. 그래서 생각한 거야. 식물의원에 한 분이 오시곤 하거든. 밥을 주면 몰려오던 고양이가 많이 줄어들었대. 죽은 고양이가 생각보다 많다는 뜻이야."

"설마 검은 피가? 에이, 아니겠지."

나는 웃으면서 무심코 김별을 봤다가 비명을 지를 뻔했다. 김별 눈이 벌겋게 충혈되어 있었다. 그 눈으로 산더미 같은 종이 뭉치를 아직도 일일이 대조하고 있었다.

"너…… 진심이구나……."

"한다면 한다니까."

김별은 내 쪽은 보지도 않고 종이에서 눈을 떼지 않은 채 시큰둥하게 말했다. 아무래도 김별은 엄청나게 특이한 애 같았다. 온겸은 어깨를 으쓱하더니 다시 종이를 들여다봤다.

"아무래도 안 되겠어. 온겸이 너 나랑 그 동네 가 보자."

"어디?"

"최근 검은 피 사건 일어난 거기 말이야. 거기서도 무슨 조짐 같은 게 있었는지 알아봐야겠어."

"우리 지금 너희 옆집 남자에 대해 알아보는 것만으로도 바쁘거든. 한 번에 하나만 하자, 여다래."

그건 온겸 말이 옳다. 그런데 나는 궁금한 건 못 참는 성격이다. 연쇄 살인에 대한 조짐이 있었는지도 너무나 궁금해서 미칠 것만 같았다.

"다녀와."

갑자기 김별이 말했다.

"다녀오라고?"

"별로 안 먼 동네잖아. 어차피 지금 할 일은 이거밖에 없으니까 내가 하고 있을게. 혼자 하는 게 편해."

김별은 온겸이 가져간 종이 뭉치를 자기 쪽으로 끌어오며 다시 말했다.

"그래? 그럼 그럴까?"

온겸도 파쇄된 종이에 질린 모양이었다. 나는 마냥 신이 난 표정으로 온겸을 이끌었다. 온겸은 어쩔 수 없다는 듯 따라나섰지만, 발걸음만은 가벼웠다.

검은 피?

근처에 도착하니 사건 현장이 어디인지 한 번에 알 수 있었다. 사건이 일어난 지 꽤 시간이 지났지만, 이상하게 기자들과 구경꾼들이 몰려 있었다.

"무슨 일이지? 원래 이런가?"

보통 살인 사건이 나면 집주인은 물론이고 동네가 모두 쉬쉬하기 마련이었다. 하지만 이곳은 마치 지금 막 사건이 일어난 것처럼 북적거렸다.

"아무리 큰 사건이라도 그렇지 이건……."

"저기 과학수사대도 왔어."

KCSI, 즉 과학수사대 차도 와 있는 게 보였다. 나는 일부러 구경하는 동네 사람들 틈으로 끼어들었다.

"세상에. 그렇게 비밀번호를 안 거구나."

"진짜 무섭다. 조심해야겠어."

사람들이 수군대는 소리에 귀를 기울였다. 정보는 이런 곳에서 얻기 마련이다.

"우리 집 앞에도 몰카 있는지 한번 봐야겠어."

"몰카요? 그런 걸 설치했대요?"

나는 대화하는 사람들 사이로 끼어들었다.

"깨진 난간 틈에 카메라를 설치했다지 뭐니."

다행히 대답해 주는 아주머니가 있었다.

"카메라요? 그럼 그걸로 비밀번호를 찍은 거군요. 그런데 왜 도로 안 가져갔을까요?"

"그걸 어떻게 알겠어? 쯧쯧. 죽은 아가씨만 불쌍하지."

피해자 집 비밀번호를 알아낸 비밀은 바로 카메라였다. 여태까지는 범행 뒤 회수해 간 카메라를 이번에는 왜 남겨 두었을까.

여섯 번째 사건이 다른 사건과 다른 점은, 사건 당일 남자 친구가 신고했다는 점이다. 다른 사건들은 하루 이상 지나 연락 없이 직장에 출근하지 않거나 학교에 나오지 않아 직장 동료나 친구 등 지인이 신고하면서 발견되었다.

"혹시 회수할 시간이 없었나?"

깨진 난간 틈이라니. 사건 현장을 당장 보고 싶었지만, 그쪽으로는 들어갈 수 없었다. 경찰 통제선이 쳐져 있었고, 현장을 보존하려고 경찰들이 에워싸고 있었다. 나도 수사를 방해할 생각은 없었다.

"카메라에 묻은 지문으로 범인을 잡을 수도 있겠다."

온겸의 의견에 난 회의적이다. 치밀한 범인이 비록 카메라를 놓고 가는 실수를 했지만, 그런 가능성도 고려해 장갑을 끼고 작업했을 것이다. 나는 오피스텔 주위를 찬찬히 둘러봤다. 오피스텔 입구를 가로막은 경찰과 구경하기 위해 서 있는 사람들. 취재하려고 혈안이 된 기자들. 그들은 모두 흥미로운 영화라도 보듯 남 일에 대해 떠들어댔다. 죽은 이만 불쌍한 파티 같다.

그런데 그때, 인파 속에서 낯익은 누군가를 발견했다. 대낮인데도 그라는 걸 한눈에 알아볼 수 있었다.

"저, 저기."

온겸을 쿡쿡 찌르며 다시 그 자리를 봤을 때, 그자는 이미 떠나고 없었다. 나를 알아보고 도망친 것 같다.

"왜?"

"저기 그 우리 옆집 사는 그 남자가 있었어."

"에이, 잘못 본 거겠지."

"아니야. 분명 봤어."

확신했다. 이 한여름에 검은 긴팔 후드 점퍼를 입고 모자까지 뒤집어쓴 남자는 흔치 않다. 그리고 그 얼굴은 어떻게 보아도 낯이 익었다. 쫙 찢어진 눈과 씰룩이던 광대. 잊을 수 없었다. 아는 사람을 시내 인파 속에서도 딱 알아볼 수 있는 이유는 아는 얼굴이어서만은 아니다. 그 느낌이 딱 전달되는 순간이 있다. 그리고 역시 나를 알아본 그의 시선을 느낄 수 있다. 그도 나를 본 것이다.

검은 피 연쇄 살인 사건이 그와 연관되어 있다고 생각한 적은 없었다. 도대체 왜 여기 있는 걸까. 검은 피를 숭배하기라도 하는 걸까? 아니면 남자가 검은 피라도 되는 것일까. 갑자기 숨이 턱 막혀 왔다. 너무나 엄청난 일에 뛰어든 것은 아닐지 겁이 났다.

"다래야, 왜 그래?"

머리가 핑 돌더니 온겸이 나를 부축하는 게 느껴졌다.

"이제 좀 괜찮아?"

온겸이 사다 준 물을 마시고 벤치에 앉아 있었더니 기력이 돌아왔다. 내 생각을 들은 온겸은 기사를 검색해서 보여 주었다.

검은 피 연쇄 살인 사건 몰카 발견.

"기사 올라온 시각이 우리가 현장에 도착하기 전이야."

사람들이 많았던 이유는 이미 사건이 기사화됐기 때문이다. 기사 내용은 이랬다. 카메라에는 여자가 비밀번호를 누르는 모습이 고스란히 찍혔고 검은 옷을 입은 남성이 문을 열고 들어가는 모습과 범행을 끝낸 범인이 문을 열어 두고 나오는 모습이 찍혔다고 한다. 그리고 카메라를 빼내려던 범인의 손이 찍혔는데, 카메라가 깨진 난간 틈 안쪽으로 깊이 들어가는 바람에 꺼내기 힘들어했고 아래층에서 소리가 나면서 범인은 도망쳤다고 한다.

경찰이 비밀번호를 어떻게 알았을까 탐색하는 과정에서 감지기로 몰래카메라를 발견한 것이다. 검은 피 사건이 일어나고 처음으로 나온 의미 있는 단서다.

비록 카메라에 범인의 얼굴은 찍히지 않았지만, 영상을

분석하고 용의자를 특정하는 데 도움이 될 것이다. 나는 옆집 남자처럼 범인이 검은 옷을 입었다는 점이 자꾸 신경 쓰였다. 범인이 불규칙적으로 동네를 옮겨 다니며 범행을 저지른 것은 이사를 했기 때문은 아닐까. 새로 이사한 동네에서 타깃을 찾는다거나.

혼자 사는 여성. 그동안의 범죄로 봐서는 연령은 상관없는 듯했고, 다른 공통점은 하나도 없었다. 학력도 고향도 외모도 모두 다르다. 어쩌면 타깃은 그저 비밀번호를 알아낼 수 있는 여성인지도 모른다.

"기사 보고 구경 온 거라고 해도 이상하지 않아? 자기가 사는 동네도 아니고."

"그러게……. 수상하긴 하지."

온겸도 확신이 없는 듯했다. 옆집에 연쇄 살인범이 산다는 것은 믿기 어려운 사실이다. 하지만 그게 아니면 설명이 안 됐다.

고양이 사체가 나오고 아파트 화단을 기웃거린 일, 쫓아가니 도망간 일, 소연이라는 여자를 집에 데려간 일도. 모두 이상했지만 가장 이상한 건 이웃을 피한다는 거였다. 마치 들키면 안 되는 비밀을 가진 사람처럼.

"안 되겠어. 확인해 봐야겠어. 세 번째 작전을 바로 실행하자."

"세 번째 작전? 그게 뭔데?"

집에 돌아온 우리는 곧장 세 번째 작전을 실행하기로 했다. 내가 생각한 작전이 무엇인지 들은 아이들의 입이 떡 벌어졌다.

"그게 정말 돼?"

"돼. 될 거야."

"하지만 아무리 네가 노안이라고 해도 아줌마로는 안 보이는데?"

온겸이 내 얼굴을 빤히 들여다봤다.

"모자 눌러쓰면 인터폰으로는 자세히 안 보여. 목소리만 다르게 내면 모를 거야."

우리는 아파트 정기 방역 소독원으로 위장하기로 했다. 평일에 소독받지 못한 세대를 위한 주말 방문 말이다. 온겸은 식물의원에서 친해진 소독원 아주머니께 부탁하여 소독기를 빌렸다. 아주 중요한 비밀 임무임을 강조하며. 아주머니는 소독약을 넣지 않은 소독기만 빌려주었다. 그것만으로 어떤 나쁜 장난을 치리라 생각하지는 않는다면서.

"별아, 우리 둘이 하면 되니깐 넌 우리 집에 있어. 종이 더 맞춰야 하잖아."

"알았어. 이제 조금만 더 맞추면 몇 문장 정도는 보일 것 같아."

"무슨 일이 생기면 비명 지를 테니까 신고해 줘."

김별은 본부를 맡는 셈이었다.

여기저기 다닌 탓에 좀 늦은 시각이 되었지만, 하루가 급하니 어쩔 수 없었다. 나는 옆집 남자가 집에 돌아온 걸 확인한 뒤 모자를 뒤집어쓰고 그 집으로 갔다. 뒤에는 보란 듯이 소독기를 든 온겸이 섰다.

딩동.

초인종을 눌렀지만 아무 답도 돌아오지 않았다. 없는 척이라도 하려는 건가.

딩동. 딩동.

다시 누르자 마지못한 듯 안에서 목소리가 들려왔다.

"누구세요?"

"아파트 소독입니다."

나는 일부러 간드러진 목소리로 말했다.

"안 해요."

"너무 안 하셔서 이번에는 하셔야 해요."

당연히 안 한다고 할 거로 생각해서 미리 할 말을 꾸며 놓았다.

"안 한다고요."

"이 집에서 벌레 나왔다고 신고 들어왔어요."

"벌레는 무슨……."

남자는 구시렁대기만 할 뿐 문을 열지는 않았다. 누가 이기나 한번 해보자는 오기가 들었다.

딩동. 딩동.

"잠깐만 열어 보세요. 그럼 놓는 약만 드릴게요!"

"아, 진짜."

문이 열리고 남자 얼굴 반쪽이 보였다. 남자는 문틈으로 손을 내밀었고 나는 문틈으로 발을 끼워 넣었다. 뒤에서 온겸이 문을 잡고 홱 열어재꼈다.

"지금 무, 무슨 짓이에요?"

남자가 당황한 듯 허둥댔다. 그 틈에 나는 현관 안으로 들어섰고 얼른 집 안을 훑어보았다. 예상대로 가구도 없이 썰렁한 집이었다. 거실 한가운데 낮은 밥상만 덩그러니 놓여 있고 암막 커튼을 단 듯 집 안이 온통 어두웠다.

그때.

"냐앙!"

날카로운 소리와 함께 내 다리 옆으로 뭔가가 쏜살같이
지나갔다.

"엄마야!"

온겸도 놀라 옆으로 비켜섰고, 그 짐승은 열린 문으로
나가 사라져 버렸다. 남자 눈이 휘둥그레지더니 짧은 순간
절망감으로 가득 찼다.

"안 돼! 소연아!"

남자가 밖으로 뛰쳐나갔다. 온겸과 나는 동시에 마주
보며 소리쳤다.

"소연이?"

이웃의 정체

어느새 남자는 소연을 따라 계단을 뛰어 내려가고 있었다. 우리는 엘리베이터로 먼저 1층에 내려가 있기로 했다. 엘리베이터를 타자마자 우리는 머리를 쥐어뜯었다.

"소연이 납치된 여자가 아니라 고양이였다니!"

"말도 안 돼."

어디서부터 어디까지 잘못된 것인지 반추할 시간이 없다. 일단 소연을 찾는 게 우선이다.

1층에 내려가자마자 남자가 헉헉대며 내려왔다. 얼마나 뛰었는지 다리가 풀려 제대로 서 있지도 못했다.

"노, 놓쳤어. 화, 화단으로 갔을 거야. 빨리…… 찾아

야…… 해. 화, 화단에서 독약이 든 먹이를 먹을 수도 있
어. 그 전에 찾아야…… 한다고!"

"독약이요?"

온겸은 정문 쪽으로 뛰었다. 나는 후문 쪽으로 가면서
화단을 훑기로 했다. 남자는 숨이 차서 힘들어하면서도 중
앙 놀이터 쪽으로 갔다.

"소연아!"

독약을 먹을까 봐 걱정하는 걸 보면 옆집 남자가 고양이
를 죽인 범인은 아닌 것 같다. 고양이 소연을 집에 가둬 둔
것도 소연을 위한 진심으로 보였다.

"내가 무슨 짓을 한 거지."

화단 주변을 한참 살펴봤지만, 고양이는 한 마리도 보이
지 않았다. 온겸이 식물의원에서 들은 정보라며 해 준 이야
기가 떠올랐다. 길고양이에게 밥 주는 걸 싫어하는 사람도
많다고 한다. 그 일로 관리사무소에 들어오는 민원도 많
다고. 그래서 아파트 단지 길고양이들이 모두 떠난 걸까.
소연이도 단지 밖으로 나간 거라면 정말 어떡해야 할까.

"다래야, 여기!"

온겸이 멀리서 손짓했다. 온겸은 누군가와 같이 있었다.

"찾았어?"

가까이 가 보니 같이 있던 아주머니 품에 고양이가 안겨 있었다. 윤기 나는 갈색 털을 가진 통통한 고양이였다. 아주머니가 먹이를 주다가 발견해 잡고 있었다고 했다.

"너희 집 고양이니? 사람 따르는 거 보니 아무래도 집에서 기르는 고양이 같아서."

"이분이 전에 말한 식물의원에서 만난 캣맘이셔."

온겸이 전에 얘기해 준 기억이 났다. 아주머니가 먹이를 주는 시간이어서 아파트 길고양이들이 여기 다 모여 있었나 보다. 그래서 고양이가 한 마리도 안 보였구나.

"아, 안녕하세요. 감사합니다."

"자, 여기."

캣맘 아주머니는 나에게 고양이를 넘겨주려고 했다.

"얘가 주인은 아니에요. 다래야, 아저씨 어디 가셨어?"

"맞다. 잠깐만."

나는 중앙 놀이터 쪽으로 뛰었다. 멀리 옆집 남자가 여기 저기 뛰어다니며 소연을 찾고 있었다.

"아저씨! 찾았어요!"

헐레벌떡 뛰어온 남자는 울고 있었다. 세상에.

"감사합니다! 감사합니다!"

옆집 남자는 캣맘 아주머니에게 연방 고개를 숙였다. 우리는 남자에게 고개를 숙였다.

"죄송합니다. 장난으로 그런 건데."

차마 고양이를 난도질하고 독약을 먹이는 사이코패스로 당신을 오해해서 그랬다고는 말하지 못했다. 남자는 우리가 사과하건 말건 소연이 무사한지 확인하느라 바빴다.

그때 내 휴대폰이 울렸다. 김별이었다.

"옆집 쓰레기 다 맞췄어!"

"그래? 그럼 나중에 올라가서 볼게. 지금은……."

내가 말렸지만, 완성의 기쁨에 가득 차 있는 김별 귀에는 들리지 않는 듯했다. 무턱대고 읽기 시작했다.

"재시, 당신의 추리는 틀렸어요! 아스왈이 말했다. 표식은 그저 아무 뜻도 없는 속임수일 뿐이에요. 자신의 살인이 같은 맥락에 있다는 사인일 뿐이라고요. 재시는 너무나 놀랐다. 여태까지 자기 자신의 추리가 틀렸다며 건방지게 말한 사람도 없을뿐더러 아스왈처럼 소심한 인간이 조금 전과는 다른 당당한 얼굴로 그런 말을 한다는 것도 놀라웠기 때문이다."

"그, 그건……."

그건 「미녀 탐정 재시」 245화였다. 이따 8시에 업로드될 예정인. 통화 소리가 컸는지 옆집 남자도 듣고 눈이 휘둥그레졌다. 우리는 서로 마주 봤고 동시에 깨닫고 말았다. 이런 쓰레기가 나올 수 있는 유일한 집이 어디인지.

"하이즈?"

하이즈가 침울한 얼굴로 고개를 끄덕였다.

"죄송합니다! 하이즈 작가님!"

온겸과 나는 하이즈의 집 앞에서 다시 고개를 숙였다.

"그, 그게…… 가족도 없이 혼자 사시는 데다가…… 딱히 하는 일도 없으신 것 같고…… 자꾸 사람도 피하시는 것 같아서……."

간단히 변명과 자초지종을 설명하는데 얼굴이 화끈화끈 달아올랐다. 다행히 소연은 평온을 되찾고 방으로 들어가 놀고 있었다.

"너희 장난이 심하긴 했지만 그래도 찾아서 다행이야. 소연이 원래 길고양이거든. 그래서 그런지 현관문만 열리면 나가려고 해. 특히 다른 사람이 있으면. 너희 잘못이 아니야. 내가 고양이 이름을 사람 이름처럼 지어서 생긴 일이니까.

친구처럼 지내고 싶다는 의미에서 그렇게 지은 건데……."

하이즈는 보기보다 친절했다.

"그래서 그동안 문을 조금씩만 열고 드나들고 택배나 배달이 와도 조심스럽게 들여놨던 거군요."

그동안의 수상한 행동이 어느 정도 이해가 되자 갑자기 하이즈가 다른 사람처럼 보였다. 그동안 무섭게 보이던 외모도 평범해 보이기만 했다.

"근데…… 왜 그렇게 도망치고 이상하게 행동했어요?"

"그건 이웃들이 고양이 키우는 걸 싫어할까 봐 그런 것도 있지만…… 사실 내가 소심해서……."

소심하다고 말하는 하이즈의 얼굴이 벌게졌다. 진짜 소심한 것 같았다. 그나저나 하이즈가 남자였다니. 한 번도 하이즈가 여자라고 말하거나 인터뷰한 적은 없지만, 당연히 모두 하이즈는 미녀 탐정 재시처럼 생겼다고 생각했다.

"어쩌다 갑자기 이렇게 독자와의 만남을 갖게 됐구나. 너희도 놀랐지? 하이즈가 우락부락한 아저씨라서……."

내 마음을 읽었는지 하이즈가 말을 꺼냈다. 온결은 깜짝 놀라며 손사래를 쳤다.

"아뇨. 괜찮아요. 그냥 저 혼자 여자일 거라고 상상하기는 했지만."

"아니야. 은근히 여자인 척하고, 편집자한테도 누가 물어보면 정체를 숨겨 달라고 말한 건 사실이니까. 미녀 탐정 시리즈인데 이런 아저씨가 쓴다고 하면 변태라고 악플 달릴까 봐 겁이 났어……."

갑자기 하이즈는 심경 고백을 하며 눈물지었다.

"다음에 차라도 마시러 와. 소연이도 늘 재미없는 아저씨들만 보다가 너희가 놀러 와 주면 좋아할 거야."

"아저씨들이요? 아, 저번에 본……."

"내 친구 준탁이를 봤어? 강력반 형사인데 조폭처럼 생겼지? 여기도 사실 원래 준탁이 집이야. 준탁이 할머니가 살다가 돌아가신 뒤로 비어 있던 거지."

"아!"

반전에 반전. 저번에 본 아저씨는 진짜 엄청나게 나쁜 아저씨처럼 생겼는데, 형사라니. 또 하나의 의혹이 풀리는 순간이다.

"진짜 초대할게. 다른 친구도 데리고 와. 치킨 사 줄게. 한 마리 시키면 남았는데, 너희랑 먹으면 여러 가지 메뉴로 시켜도 안 남겠다. 아니면 중화요리 시킬까? 볶음밥이랑

짜장면이랑 탕수육 다 시켜서 나눠 먹을 수 있잖아!"

하이즈는 배달 음식 이야기를 늘어놓으며 신난 표정이 되었다. 나도 신이 났는데 실감이 안 났다. 우리 집 옆집 남자가 사이코패스 연쇄 살인범인 줄 알았는데, 사실 내가 존경하는 하이즈 작가라니! 인생 역전을 맞는다면 이런 기분일까.

집에서 우리를 기다리고 있던 김별도 우리 이야기를 듣고 깜짝 놀랐다. 김별은 하이즈가 누군지는 몰랐지만, 범죄자가 아니라는 것만으로도 기뻐했다.

"다행이야. 정말."

"그렇지?"

나는 김별과 두 손을 마주 잡고 방방 뛰었다. 한참 좋아하던 김별이 갑자기 정색하며 말했다.

"그러니까 나 이제 가도 되지?"

"응?"

"사건 종료잖아."

"그, 그렇긴 하지만, 뭔가 안 끝난 느낌이지 않아? 고양이들이 죽는 것도 그렇고……."

"아니. 네가 처음에 제시한 건 옆집 남자에 대한 것뿐이었어. 그러니까 이제 협박하지 마. 스트리트 댄서가 나라는 거 아무에게도 이야기하기 없기. 너도."

김별은 온겸에게도 쏘아붙이더니 자기 가방을 챙겼다. 방에는 파쇄된 종이를 테이프로 이어 붙인 A4 용지 한 장만이 남았다. 그리고 안녕이라는 말도 없이, 김별은 우리 집을 떠났다. 아무런 미련 없이.

"쟤 진짜 또라이라니까."

"하. 그러게. 이걸 이렇게 끝까지 해낸 거 보면 또라이가 분명해."

나는 A4 용지에 적힌 내용을 찬찬히 다시 읽어 내려갔다. 아직 저녁 7시 반. 업로드되기 30분 전에 미리 읽는 소설은 더 재미있었다.

"재시, 당신의 추리는 틀렸어요!"

아스왈이 말했다.

"표식은 그저 아무 뜻도 없는 속임수일 뿐이에요. 자신의 살인이 같은 맥락에 있다는 사인일 뿐이라고요.

재시는 너무나 당황스러웠다. 여태까지 자신의 추리가 틀렸다며 건방지게 말한 사람도 없을뿐더러 아스왈처럼 소심한 인간이 조금 전과는 다른 당당한 얼굴로 그런 말을 한다는 것도 놀라웠기 때문이다.

"그게 무슨 소리예요?"

"살인자의 심리를 읽는다? 추리? 그건 사실 이론일 뿐이지요. 진짜 자기 자신이 살인자가 되어 보기 전에는 그 마음을 완벽히 알 수는 없어요."

"꼭 살인을 저질러 본 사람처럼 말하는군요."

"나를 능력 없는 순경처럼 보지 말아요. 수많은 범죄 심리학책을 읽고 공부하고 사건을 수집하며 노력했다고요. 그런데 어느 순간 깨달았어요. 그 모든 것은 직접 해 보는 것에 비할 바가 아니라는 것을."

아스왈은 칼을 꺼내 들었다. 재시는 한눈에 그 칼끝 모양이 이번 피해자가 입은 상흔과 같다는 것을 알았다.

"아스왈, 자네 지금 뭐 하는 거야?"

눈치만 보던 줄란이 뒤로 한걸음 물러서며 말했다. 하지만 아스왈은 재시에게서 눈을 떼지 않았다.

"당신이 알아내는지 알고 싶었어요. 그래서 사건 현장에 속임수를 좀 넣었지요. 당신은 너무나 아름답지만 더 골몰하고 더 집중할 때 더욱더 아름다워요. 그래서 한 번 두 번 꼬아서 어려운 숙제를 내 주고 싶던 거예요."

"아스왈, 당신은 나를 사랑하는군요."

재시는 당황을 감추기 위해 평소처럼 담담하게 말했다. 하지만 줄란은 눈치가 없었다.

"내가 자네에게 너무 함부로 대했던가? 미, 미안하네. 나를 용서하게. 아스왈.

줄란은 겁에 질린 얼굴이었다. 아스왈은 그제야 줄란 쪽을 바라봤다.

"이번에는 당신 추리대로 해 줄게요. 다섯 번째의 칼날만이 목숨을 끊을 겁니다."

아스왈은 망설이지 않고 줄란을 찔렀다. 한 번, 두 번, 세 번, 네 번.

"대박. 이런 전개라니! 아스왈이 이런 미친놈일 줄 상상도 못 했어."

"이제 곧 이번 회차 전문 다 올라올 텐데, 그걸 왜 읽고 있어? 나 이제 간다."

"하온겸."

"왜?"

고맙다고 말하고 싶었다. 하지만 어떻게 그런 오글거리는 대사를 하겠는가.

"가라."

온겸은 어린아이처럼 손을 흔들어 인사하고 나갔다. 옆집 남자에 대한 의혹은 풀렸다. 하지만 검은 피 사건은 아직 오리무중이다. 우리가 유력한 용의자로 꼽았던 옆집 남자가 용의선상에서 제외되었으니……. 어디서부터 수사를 다시 시작해야 하는 걸까? 도대체 범인은 어디에 숨어 있는 걸까?

하이즈의 메시지

딩동.

일요일, 아침부터 옆집 초인종을 눌렀다. 처음부터 수사를 다시 시작해야 한다는 생각에 마음이 조급해졌다. 하지만 하이즈는 자고 있는지 기척이 없다. 이럴 줄 알았으면 어제 전화번호라도 받아 두는 건데. 그래서 쪽지를 써서 문틈으로 밀어 넣었다.

작가님.
초대하셔서 차 마시러 왔는데,
안 계신지 주무시는지…….

연락해 주세요.

제 번호는 010-xxxx-xxxx

옆집 여자애 여다래 드림.

11시가 되어서야 메시지가 왔다.

하이즈 작가님

어제 소연이가 놀랐는지 갑자기 토하지 뭐야.
동물 병원 갔다가 지금 집에 왔어.
괜찮으면 지금 건너와도 돼. 그 남자 친구도 같이.
– 옆집 아저씨

나는 온겸에게 오라고 메시지를 보내고 나서 곧바로 옆
집 초인종을 눌렀다. 문을 조금 연 하이즈는 나 혼자 있는
걸 보고 문을 도로 닫으려고 했다.

"남자 혼자 사는 집에 여학생 혼자는 좀……."

"작가님이 무슨 남자예요."

"그렇게 경계하더니 아는 사람이라고 갑자기 방심하는

것도 좀……."

하이즈는 내가 자신을 경계한 걸 알고 있었다.

"거울 좀 보세요. 겉모습만 보면 경계 안 하겠어요?"

내 말에 하이즈는 자기 몸을 바라봤다. 목이 늘어난 검은 티셔츠에 검은색 바지. 얼핏 보면 그림자로 착각할 만한 차림새였다.

"저 왔어요."

온겸이 숨을 헐떡이며 엘리베이터에서 내렸다.

"학생도 진짜 빨리 왔네."

"옆 옆 동이거든요."

그제야 하이즈는 문을 열어 우리를 들어오게 해 주었다. 내가 이런 사람을 사이코패스라고 생각했으니 참.

"소연이 이제 괜찮아요?"

"어. 어제 나갔을 때 뭔가 쓰레기를 주워 먹었던 모양이야. 헤어 볼을 토한 것도 아니고……. 깜짝 놀랐어."

"헤어 볼이요?"

"응, 고양이들은 털 관리를 혀로 한다고 해야 하나. 그래서 가끔 먹은 털 뭉치를 토해 내거든. 아침에도 그런 건 줄 알고 무심코 봤는데 뭔가 이물질이 섞여 있잖아. 얼마나 놀랐는지."

소연이 아픈 걸 몰랐던 온겸은 깜짝 놀란 얼굴이다.

"소연이는 어디에 있어요?"

"저기 방에."

하이즈는 방문을 열어 주었다. 안에는 박스와 고양이 장난감들이 있었다. 조립식 캣 타워도 있었다. 소연은 뭔가를 안고 뒹굴고 있었다. 마네킹 손이었다.

"이거……."

"아, 그거. 내가 소설 쓸 때 영감을 얻는 마법의 손. 재시의 손이라고 생각하면서 쓰거든. 지금은 소연이 장난감이 됐지만."

온겸은 냉큼 소연이에게 다가가 사랑스럽다는 듯이 바라보았다.

"거실보다 소연이 방에 가구가 더 많네요."

"그, 그렇지."

하이즈는 어색하게 웃으며 거실에 있는 낮은 밥상 위에 요구르트를 세 개 올려놓았다.

"우리 집에 먹을 게 별로 없어서……."

주방 싱크대 위에도 컵라면과 라면, 레토르트 설렁탕, 즉

석 밥 따위가 어지럽게 놓여 있었다. 냉장고가 이 집에 존재
하는 이유는 생수와 요구르트 때문인 것 같았다.

"집이 왜 이렇게 어두워요?"

"아, 어두워?"

내 말에 하이즈는 재빨리 거실 암막 커튼을 걷었다. 거실
로 환한 빛이 쏟아져 들어왔다.

"아무래도 내가 밤에 늦게 자고 아침에 늦게 일어나니까.
햇빛 가리느라고……."

"아하."

나와 생활 패턴이 다를 수 있음을 잠시 잊었다. 하이즈
는 작가고 작업실도 집이다 보니 원하는 시간에 자고 일
어나 창작 활동을 하는 루틴으로 생활할 수 있다. 온겸은
요구르트를 원샷하고 소연과 놀아 주느라 바빴다. 동물이
라면 질색이라더니 소연은 제법 귀여워하는 게 느껴졌다.

"그런데……."

나는 내내 찜찜하던 걸 물어보기로 했다. 밤새 생각에 상
상을 보태 답을 찾느라 잠을 잘 이루지 못했다.

"검은 피 연쇄 살인 사건요."

말을 꺼내자 하이즈 얼굴에 웃음기가 싹 사라졌다. 역시

뭔가 있었다.

"그, 그게 뭐?"

"그 현장에는 왜 오셨어요?"

"어? 내, 내가?"

"제가 봤는데요."

하이즈는 쉽게 답을 못 찾는가 싶더니 굳은 표정이 되어 말했다.

"추리 소설을 쓰니까 자료 조사차 간 거지."

"그렇겠죠?"

나는 미심쩍은 얼굴로 하이즈를 뚫어져라 바라봤다. 예상대로 하이즈는 내 눈길을 슬쩍 피했다.

"자세한 건…… 넌 알 거 없어."

"그런데 이번 245화에서 이상한 걸 발견했거든요."

"이상한 거?"

"메시지? 누군가에게 보내는?"

하이즈 얼굴이 일그러졌다. 내가 발견한 게 정답이라는 뜻이다. 그러나 하이즈는 숨길 셈인 것 같았다. 나는 목소리를 가다듬고 소설 속 아스왈의 대사를 읊었다.

"당신이 알아내는지 알고 싶었어요. 그래서 사건 현장에 속임수를 좀 넣었지요."

하이즈가 흠칫 놀라는 게 느껴졌다. 나는 속으로 씩 웃었다.

"그 부분이 이상하게 마음에 걸리더라고요. 계속 생각해도 이상했어요."

"그, 그게 뭐가 이상하다는 거야."

"저도 처음에 뭐가 이상한지 몰랐는데, 다시 보니 그 대사 부분만 폰트가 조금 더 크더라고요. 강조하는 부분인가 싶었지만 그다지 강조할 만하거나 중요한 부분도 아니고요. 저번에 파지 조각 다시 맞춘 것을 보다가 깨달았어요. 거기에도 폰트가 아주 약간 크더라고요. 그래서⋯⋯."

"그래서?"

하이즈는 불안한지 눈동자를 이리저리 굴렸다. 어떻게 이 난관을 빠져나갈 것인지 고민하는 것 같았다.

"실제로 작가님이 소설 속에 속임수를 넣고 누군가에게 알아내라는 메시지를 보낸 거라는 걸 깨닫게 됐죠."

"그, 그럴 리가."

나는 245화 소설 부분을 옮겨 적은 것을 내밀었다.

"이번에는 당신 추리대로 해 줄게요. 다섯 번째의 칼날만이 목숨을 끊을 겁니다."

아스왈은 망설이지 않고 줄란을 찔렀다. 한 번, 두 번, 세 번, 네 번.

"하!"

줄란은 갑작스러운 공격에 놀라 짧은 숨소리에 가까운 비명만을 내지르고 쓰러졌다. 아스왈은 자신이 그렇게 따르던 상사를 쓰러뜨리고도 미동도 하지 않았다. 재시는 여태까지 아스왈이 줄란을 따랐던 게 거짓이라고 생각하지 않았다. 다만 아스왈은 지나치게 살인의 미학에 빠져 이것이 줄란에 대한 존경의 의미라고 착각하고 있었다.

"이제 마지막입니다. 당신의 해석이 진실이 되도록."

아스왈이 다섯 번째로 칼을 휘둘렀다. 급소를 찔린 줄란은 이번에는 아무 소리도 내지 못하고 쓰러졌다. 재시는 줄란 눈동자에서 생명의 빛이 꺼지는 모습을 지켜보고 있을 수밖에 없었다.

"어때요? 진정한 나를 만나게 된 기분이요. 난 정말 새로 태어난 기분이에요. 경찰로서 나는 아무것도 마음껏 할 수 없는 바보였죠. 하지만 이제 나는 아주 영리해진 것 같아요. 아름다운 연작이 될 거예요. 재시, 나의 뮤즈가 되어 줄 수 있겠어요?"

재시는 살인범에게 휘둘릴 생각이 없었다. 그래서 아스왈이 한 질문에 대답하지 않았다. 대신 본인이 묻고 싶은 질문을 던지고 우위를 점하고 싶었다.

"나의 추리가 틀렸다는 당신 말은 거짓이에요. 첫 번째 살인에서는 두 개의 점이 찍혀 있었어요. 첫 살인이어서 당신은 일격으로 살해할 자신이 없었던 거겠죠. 일단 그를 한 번 찔러 당황하게 만든 뒤 그다음에야 급소를 찔렀을 겁니다. 두 번째 살인에서는 점이 하나. 그건 자신감이 붙은 당신이 한 번에 그를 없앨 수 있는지 객기를 부려 본 것일 테지요. 세 번째 살인에서는 일곱 번을 찍었어요. 그건 이제 죽이는 것만으로는 쾌감을 느낄 수 없다는 걸 안 악마가 된 살인자의 행동이죠. 피해자를 찌르며 괴로워하는 모습을 보는 것으로 쾌감을 느낀 겁니다. 그래서 죽이기 전 최대한 많이 찌르고 싶었던 거예요. 네 번째 살인은 다섯 번. 집주인이 새벽 6시에 방문할 거라는 걸 알고 있어 시간이 촉박했기 때문에 적당한 선에서 타협한 거고요. 그리고 지금 줄란을 내 앞에서 다섯 번 만에 죽인 건 원래 예정에 없던 일이겠죠. 내 말을 부정하려고 즉흥적으로 행한 일이에요. 마음 같아서는 아홉 번은 되어야 하지 않을까요. 곧 9시가 되겠군요."

재시는 최대한 길게 말했다. 곧 다른 사람들이 이곳에 도착하리라는 걸 알았다. 그때까지 시간을 끌어야 했다. 하지만 아스왈은 어리숙해 늘 줄란에게 구박을 받긴 했지만, 경찰은 경찰이었다. 이미 곧 과학수사대가 도착하리라는 것 정도는 알고 있었다.

"다음에 다시 만나요, 나의 뮤즈. <u>장소는 곧 내가 정해 알려</u> <u>드리리다</u>. 그때는 지금보다 <u>어두웠으면 좋겠군요. 같은 시각에</u> <u>만납시다.</u>"

잡을 새도 없이 아스왈은 창밖으로 뛰어내렸다. 재시는 황망한 얼굴로 창밖을 바라보다가 줄란에게 다가갔다.

"밑줄 친 부분요. 제가 잘 찾아낸 것 맞나요? 만나라는 부분 역시 폰트가 조금 컸어요. 만나자는 메시지를 누군가에게 보내기 위해 그런 거겠죠. 처음에는 앞 글자만 따서 읽으면 어떤 메시지가 완성되지 않을까 했는데 문득 생각났어요. 「미녀 탐정 재시」 23화에서 재시가 그러잖아요. 그런 비밀 메시지는 너무 흔해서 재미없다고. 자신은 대화 속에 숨어 있는 진짜 의미를 찾는 게 더 낭만적이라고. 그래서 찾은 메시지는 이거예요. '밤 9시에 만나자. 곧 장소는 정해서 다시 알려 주마.' 라는 뜻이죠?"

하이즈의 얼굴이 하얗게 질렸다.

"너, 너 정체가 뭐야?"

"명탐정 지망생 여다래입니다."

"거기까지. 더 물어보지 마. 그냥 내가 좋아하는 여자에게 고백하는 메시지였을 뿐이야."

"아니잖아요. 좋아하는 여자."

하이즈가 귀를 막고 고개를 숙였다. 고양이에게 쫓기다가 궁지에 몰린 쥐의 모습이다. 그때 온겸이 소연을 안고 거실로 나왔다.

"작가님, 소연이 정말 순하고 귀여워요."

나는 이때다 싶어 확인 사살을 했다.

"메시지를 받아야 하는 사람은 살인범이죠? 그것도 연쇄 살인범. 검은 피."

하이즈는 거의 기절할 것 같은 표정이 되었다.

혼자 사는 여자

"너는 몰라. 내가 얼마나 공포에 질려 있는지."

하이즈는 절규에 가까운 목소리로 말했다.

"여기도 사실 원래 살던 집이 노출됐을까 봐 도망치듯 이사 온 거야. 준탁이 제안으로. 그런데 이곳도 놈이 진작 알아챈 것 같아. 동네 고양이들이 약을 먹거나 배가 찢겨 사체로 발견되고 있잖아. 소연이는 놈에게 당할까 봐 내가 구해서 데려온 거야."

온겸은 하이즈 곁으로 다가가 등을 토닥여 주었다.

"괜찮아요. 다 잘 될 거예요."

"고마워. 하지만 절망적이야. 이제 놈을 만나는 수밖에 없어. 준탁이가 정면 승부를 하는 수밖에 없대."

검은 피가 자신을 주시한다는 것을 하이즈가 처음 감지한 것은 꽤 오래전 일이라고 한다. 검은 피의 첫 번째 살인과 두 번째 살인 사이. 첫 번째 살인이 있을 때는 그냥 그렇구나 했다. 흔한 사건 중 하나일 거라고. 하지만 기사를 읽다가 갑자기 어떤 기시감이 느껴졌다. 피해자의 특징이 얼마 전 연재한 회차의 소설 내용과 외모며 직업이 일치했다. 물론 그때는 그저 우연일 거라고 생각하고 넘겼다.

문제는 두 번째 살인 사건이다. 연재를 올리고 며칠 뒤에 일어난 사건은 피해자에 대한 건 달랐지만, 소설과 같은 살인 수법이 사용됐다. 마치 소설을 읽고 모방 범죄를 저지르는 것 같은 느낌을 받은 하이즈는 친구이자 강력반 형사인 준탁 아저씨에게 이 사실을 털어놓았다. 준탁 아저씨는 말도 안 된다고 잘라 말했다.

세 번째, 네 번째. 다섯 번째…….

모두 사건이 일어나기 며칠 전 연재된 하이즈의 소설 속 내용과 닮아 있었다. 그리고 마침내 다섯 번째 살인 속에서 하이즈는 직접적인 살인범의 메시지를 발견했다. 범죄 현장이 찍힌 사진 속, 바닥에 떨어져 흩어진 보드게임에서 분명히 읽을 수 있었다. 알파벳 타일을 가지고 십자말풀이를 하는 게임이었는데, 타일들이 어지럽게 섞여 있는 와중에도 네 개의 알파벳만은 분명하게 보이도록 나란히 붙어 있었다. h.a.i.z. 하이즈.

준탁 아저씨도 그제야 믿어 주었다. 다섯 번의 우연이라고 하기에는 너무 겹치는 게 많았다. 게다가 「미녀 탐정 재시」의 작가 하이즈는 세간에 여자로 알려져 있었다. 그것도 혼자 사는 미모의 여자. 프로파일러는 검은 피가 하이즈를 타깃 중 하나이거나 최종 목표로 잡았을 거라고 추리했다.

"놈이 날 노리는 거라고."

"남자라고 밝히면 되잖아요."

"안 돼. 준탁이는 이번이 놈을 잡을 기회라고 생각한단 말이야. 그래서 처음에는 대화가 될까 의아해서 검은 피의 비밀을 한 가지 알려 달라는 메시지를 소설 속에 넣었어."

"에? 정말요? 전혀 몰랐는데."

"어제 그 답장을 확인했어."

"아, 몰래카메라!"

"응."

현장에 왜 하이즈가 왔는지, 그리고 검은 피가 왜 이번에는 몰래카메라를 거두어 가지 않았는지 단번에 해결되는 이야기였다. 일부러 놓고 간 것이다. 하이즈가 비밀을 하나 알려 달라고 해서.

"그래서 이번에는 만나자고 보낸 거야. 무섭지만 살인범 잡으려면 어쩔 수 없잖아."

하이즈는 금방이라도 엉엉 울 것 같았다. 외모와는 너무 다른 모습에 정말 보이는 게 다가 아니라는 걸 새삼 깨달았다. 너무나 여리고 소심한 사람이었다.

"그럼 다음 회차인 246화에 장소를 공지하는 거예요?"

"그래야지……."

"어딘데요? 저도 갈게요."

하이즈는 내가 지옥에라도 따라간다고 한 것처럼 바라보았다.

"가긴 네가 어딜 가. 나도 겨우 질질 끌려가는 건데. 내가 미녀는커녕 여자도 아니라는 걸 알면 검은 피가 실망해서 보자마자 칼로 찌르는 거 아닐까? 아니야, 경찰이 알아서 하겠지?"

하이즈는 불안해 보였다. 무척이나!

"아, 기왕 이렇게 다 말해 버린 거 부탁 좀 하자. 아무래도 우리 소연이가 오늘 토하기까지 하고. 너무 걱정되어서 말이야. 그날 너희가 좀 봐 주면 어떨까?"

"돼요. 돼요. 당연히 돼요."

갑자기 온겸이 끼어들었다. 아주 기뻐서 날뛰는 게 소연에게 푹 빠진 티를 팍팍 냈다.

"주의 사항 같은 건 없어요?"

"우리 소연이는 예민해서 사료도 원래 먹던 것만 줘야지, 안 그러면 탈이 나. 헤어 볼 토하는 거 너무 힘드니까 계속 빗질해 줘야 하고, 장난감은 이걸 좋아해. 참, 레몬 향을 너무너무 싫어하니까 레몬 향 섬유 유연제나 방향제는 조심해 줘."

하이즈는 구구절절 주의 사항을 설명했다. 온겸은 그걸 휴대폰 메모장에 받아 적느라 바빴다. 지금 검은 피 검거 작전에 참여할 일생일대의 기회라는 걸 이 녀석은 모르는 건지. 아니면 모른 척하는 건지. 나는 하이즈가 주방 쪽으로 간 틈을 타서 온겸을 쿡쿡 찔렀다.

"야, 소연이 봐 주긴 뭘 봐 줘. 우리도 가야지."

"우리가 가긴 어딜 가. 이건 진짜 범죄 사건이잖아. 탐정 놀이가 아니라고."

온겸도 지지 않았다.

"치."

나 혼자서라도 가면 된다. 하이즈가 알려 주지 않는다면 246화를 해석해서 장소와 날짜만 알아내면 된다.

"그런데 하나 더 걸리는 게 있어."

하이즈는 소연에게 밥을 주며 털어놓았다. 아무래도 여태까지 비밀에 비밀을 얹어 혼자 지키느라 속이 답답했던 모양이었다. 우리가 나타난 게 너무나 다행이라는 듯 끊임없이 이야기를 풀어냈다. 그동안 무섭고 무뚝뚝하고 섬뜩한 아저씨라고만 생각했던 게 우스울 지경이었다.

"준탁이가 그러는데, 검은 피가 이 동네에 왔다면 혼자 사는 여자를 먼저 관찰하고 있을 거라는 거야. 그래서 좀 신경이 쓰여. 나를 못 찾으면 그 대신 다른 피해자가 생기는 건 아닌지. 너희는 이 동네에 계속 살았으니까 혹시 수상한 정황이 보이는 소식이라도 전해 들으면 바로 준탁이에게 연락해 줄래?"

하이즈가 준탁 아저씨 명함을 줬다. 경찰 마크가 딱 찍힌 명함을 보고 있자니 진짜 사건이라는 게 실감이 났다.

"저, 혼자 사는 여자 알아요."

"누구?"

온겸의 말에 하이즈보다 먼저 반응한 건 나였다. 내가 모르는 여자를 온겸이 알고 있다는 게 의외였다.

"김별."

"별이가? 혼자 살아?"

"원래 이모랑 사는데, 길게 출장 가셨대."

온겸의 입으로 듣는 김별의 가정 환경이라니. 내가 김별에 대해 전혀 모르고 있다는 게 이제야 떠올랐다.

"넌 어떻게 안 거야?"

"지우개 형이."

"여지욱? 이거 완전히 스토커구먼."

오빠가 김별 집 앞까지 간 건 알았지만, 캐고 다니는 줄은 몰랐다. 김별은 왜 나한테 아무 말도 안 한 걸까. 생각하다 보니 그 애가 '사건 종료'라고 외치고 가 버린 게 생각났다. 그 뒤로 문자 메시지로도 대화한 적이 없었다. 우린 친구 사이가 아니라 그저 계약 관계였다. 김별은 협박을 당해 내 지시에 따라 조사를 도와준 것에 불과했다.

뭔가 내가 크게 잘못하고 있는 듯했지만, 정확히 무엇을 잘못하고 있는지는 알지 못했다. 다만 친구라고 부를 수 있는 존재가 온겸뿐이라는 사실이 나를 흔들리게 했다. 만약 내가 가족과 떨어져 타지에 혼자 살게 된다면? 무슨 일이 생겼을 때 도와줄 친구가 한 명이라도 있을까?

"별이네 집 어디야? 가 보자."

우리는 소연과 노는 하이즈를 뒤로하고 형사 아저씨 명함을 들고 집을 나왔다. 김별은 우리 아파트 옆 빌라에 살았고, 어릴 적 부모님이 사고로 돌아가셔서 할머니와 지내다가 할머니마저 노환으로 돌아가시면서 이모네 집으로 오게 된 거였다.

이 이야기를 해 주면서 온겸은 옆집 아저씨나 검은 피에게 쏟을 관심을 친구에게도 가져 보라고 장난스럽게 말했다. 여느 때라면 건방지다고 주먹을 휘둘렀겠지만, 이번만큼은 그냥 넘어갔다.

"잠깐만."

아파트 단지 앞 문구점에 들어가서 빨간색 셀로판종이를 샀다.

"그건 왜? 갑자기 3D 입체 안경이라도 만들려는 건 아니겠지?"

"검은 피는 몰래카메라를 이용해서 여자들 집 비밀번호

를 알아냈어. 혹시 그런 게 있나 살펴야지."

"그걸로?"

"너 이거 모르는구나. 이따 내가 하는 거 봐."

겸손하려고 했는데 잘난 척하게 만드는 하온겸. 나는 빨간 셀로판지를 보란 듯 펄럭였다.

문구점에서 두 번만 꺾으면 김별이 사는 빌라였다. 2층으로 올라가는데, 계단에 낯익은 사람이 서 있었다. 분노가 끓어올랐다. 여지욱, 우리 오빠였다.

"네가 여기 왜 있어?"

"오빠가 볼일이 있어서 왔는데, 우리 동생 말투가 왜 그러실까? 말 예쁘게 하자, 동생아."

오빠는 애써 화를 억누르고 웃으면서 타이르듯이 말했다. 이어서 초인종도 안 눌렀는데 김별이 나왔다.

"하온겸, 어다래. 너희는 무슨 일이야?"

김별이 놀랍다는 얼굴로 우리를 쓱 보더니 그대로 지나쳐 오빠에게로 갔다.

"오빠가 이 애들 불렀어요?"

"아니. 늦었다. 가자."

오빠는 어깨를 으쓱하더니 김별을 잡아끌었다.

"둘이 어디 가? 설마 데이트?"

"신경 꺼라."

오빠는 퉁명스럽게 말했지만, 김별은 다시 돌아봤다.

"오해하지 마. 비즈니스니까."

"별아, 속을 만한 거짓말을 해 줘."

"믿기 싫으면 믿지 마."

김별은 더 설명하지 않고 오빠를 따라갔다. 마음이 긁힌 느낌이었다. 오빠와 내 친구가 동시에 날 배신하고 뒤도 안 돌아보고 가 버린 기분.

"아유, 진짜! 짜증!"

나는 애꿎은 전봇대만 발로 찼다.

"진짜일 수도 있잖아. 몰래카메라 있나 살핀다며? 우린 그거나 하자. 집 안에 들어갈 필요는 없으니까 김별이 있어야 가능한 건 아니지?"

"아니지!"

셀로판지를 찢어 휴대폰 카메라와 플래시에 붙였다. 그리고 플래시를 켜 김별 집 앞을 둘러봤다.

"이렇게 보면 세상이 붉게 보이지? 몰래카메라가 있으면 반짝이는 빛으로 보인대."

한참 김별 집 앞 곳곳을 살폈지만, 이상한 점은 보이지 않았다.

"다행이다. 아무것도 없나 봐."

"그런데 그런 건 어디서 배웠어?"

"당연히 텔레비전에서 봤지. 이 빌라 쪽에 혼자 사는 사람들이 많다는 거지? 한번 쭉 훑어볼까?"

우리는 해가 질 때까지 한참 동안 카메라로 여기저기를 비춰 보고 다녔다. 동네를 거의 다 돈 것 같았지만 이상한 건 발견되지 않았다.

"요즘은 정말 택배 많이 시킨다니까. 집집이 문 앞에 택배가 없는 집이 없네."

온겸의 말에 갑자기 혼자 사는 여자가 '팍' 하고 떠올랐다. 택배, 하면 그녀였다.

"6층 여자! 부모님이 귀농하셔서 혼자 살잖아!"

이럴 수가. 등잔 밑이 어둡다더니.

곧바로 6층으로 올라가 몰래카메라가 있는지 휴대폰을 요리조리 돌려 비춰 보았다. 위로 올라가는 계단에 쌓여 있던 작은 상자 안에서 순간적으로 반짝임이 보였다.

아무래도 하이즈가 우리 동에 산다는 것은 이미 알아낸

것 같았다. 우리 동에서 혼자 사는 여자는 6층 여자뿐이
었고 그래서 타깃으로 삼은 것은 아닐까. 나도 모르는 사
이에 검은 피가 근처까지 와 있다는 사실에 소름이 끼쳤다.
뉴스에서만 보았던 미스터리한 사건이 바로 우리 동네, 나
의 삶 속으로 깊숙이 들어와 있었다.

디데이

금요일 저녁. 온겹과 나는 소연을 데리고 하이즈 집에 있었다. 중대한 일을 하는 옆집 아저씨를 돕겠다고 하니 우리 엄마도 흔쾌히 허락해 주었다. 대신 오빠도 같이 있어야 한다는 조건으로. 콧방귀만 뀔 줄 알았던 오빠는 순순히 하이즈의 집으로 따라 들어왔다. 무슨 일로 하이즈가 집을 비운지는 궁금해하지도 않았다.

"대신 고양이 찍어도 되지?"

오빠는 휴대폰을 들이밀었다.

"그런 취미가 있는지는 몰랐는데?"

"취미라니. 이건 비즈니스야."

오빠는 소연에게 휴대폰을 바짝 들이밀며 흐뭇한 얼굴을 했다. 저번에 김별도 그렇게 말했다. 비즈니스.

"뭐야? 오빠 그럼 별이도 찍은 거야?"

"그래."

"그게 오빠의 비즈니스? 영상 찍는 거?"

"유튜브 크리에이터라고 하는 거야. 구독, 좋아요를 눌러 주세요!"

오빠가 나와 온겸에게도 친절한 웃음으로 영업했다.

"뭐야, 그게?"

황당해하는 내 표정을 보고도 오빠는 꿈쩍 않고 자기할 말만 했다.

"너희 얼굴 나와도 돼?"

"아니!"

"그럼 찍는 거 방해하지 말고 조용히 있어라! 알았지?"

미처 대답도 못 했는데 오빠는 카메라를 켰다.

"안녕하세요. 지우개 TV 지우개, 여지욱입니다! 오늘은 갑자기, 아주 갑자기 옆집 반려동물을 맡게 되었습니다. 유후! 아주 귀여운 고양인데요. 과연 제가 이 아이를 돌볼 수 있을까요?"

오빠가 카메라를 끄자 그제야 나는 벌린 입을 다물었다.

"지금 뭔 짓이야? 미쳤냐? 너 미쳤지? 아유, 닭살 돋아. 말투 뭐야?"

"신경 꺼라. 이래 봬도 구독자 5만 명이거든."

오빠는 소연을 어떻게 찍을까 궁리하느라 바빴다. 평소에 온겸이 지우개 형이라고 놀릴 때는 발로 차고 주먹을 날리더니 채널 이름이 지우개 TV라고? 존경스럽게도 온겸은 오빠가 뭔 짓을 해도 쳐다도 안 보고 내가 준 종이에 코를 박고 있었다.

"암호가 이거란 말이지?"

온겸이 휴대폰 메모장에 정리한 단어를 보여 주었다.

크라운드몰, 토드토드, 민트초코, 그대, 레몬

「미녀 탐정 재시」 266화에서 숨은그림찾기 하듯 찾아낸 단어들이었다. 처음에는 그냥 쭉 266화를 읽어 내려갔다. 하지만 굳이 하나씩 쓰지 않아도 될 쓸데없는 단어들이 끼어 있다는 것을 알아냈고 그걸 추려 나갔다.

크리스마스, 라디오, 운동, 드라이플라워, 몰상식, 토마토, 드라이아이스, 토네이도, 드라이브, 민주주의, 트라이앵글, 초신성, 코스모스, 그네, 대나무, 레미콘, 몬스터.

앞 글자만 따면 크라운드몰, 토드토드, 민트초코, 그대, 레몬. 앞 글자를 따서 암호를 넣는 건 재미없다던 하이즈가 일부러 앞 글자를 이용해 암호를 만들어 냈다. 내가 따라올까 봐 못 알아채게 하려는 거다. 하지만 그러리라 예상했고, 이질적인 단어들을 골라내어 앞 글자를 조합해 암호를 알아냈다.

크라운드몰은 얼마 전 새로 생긴 쇼핑센터다. 그리고 토드토드는 아이스크림 가게 체인이다. 아마 하이즈가 민트초코아이스크림을 주문하고 검은 피는 레몬아이스크림을 주문해 접선한다는 계획으로 보인다. 아직 8시 30분. 지금 바로 가면 9시에 만나기로 한 그들을 지켜볼 수 있다.

"가자."

"그래. 근데 소연이는? 형이 소연이 돌볼 수 있는 거야?"

우리가 나간다는 말에 오빠 눈이 커졌다.

"어디 가는데?"

"검은 피 잡으러."

나는 오빠를 겁주면 따라오지 않을 거라고 생각하고 한 말이었다. 평소에 내가 그런 뉴스를 보고 있을 때마다 화를 버럭버럭 내며 끄라고 트집을 잡던 겁쟁이였으니까.

"나도 같이 가자."

"그럼 소연이는?"

온겸의 머릿속에는 소연으로 가득 차 있었다.

"데려가면 되지. 어차피 나 혼자서 못 봐. 자신 없어."

"데려간다고?"

오빠는 방에서 고양이 이동 장을 꺼내왔다. 그런 게 있는지, 언제 본 건지 이럴 때는 명석해 보이기도 했다.

"거기 야외잖아. 다들 개도 데려와 산책시킨다고. 괜찮아. 괜찮아."

"그래도 안 돼! 소연이 스트레스받으면 어떻게 해. 온겸아, 우리끼리 빨리 가자."

오빠를 확 밀치고 온겸을 데리고 밖으로 뛰쳐나왔다. 우리만 가도 혼날 노릇인데 소연까지 데려가면 아무리 선량한 하이즈라도 노발대발할 게 뻔했다. 우리가 6층 여자 집 앞의 몰래카메라를 찾아낸 걸 칭찬하던 형사 아저씨도 현장에 구경 온 꼬맹이들이라고 야단칠 것만 같았다.

토드토드는 중앙 정원 분수대가 잘 보이는 곳에 자리했다. 야외 테라스에 테이블이 많았고 사람들이 아이스크림을 먹고 있었다. 우리는 분수를 가운데 두고 맞은편 카페에 자리를 잡았다.

"아무리 봐도 하이즈 작가님은 안 보이는걸."

"그러게."

이상하게도 민트초코아이스크림을 먹는 사람은 어떤 여자뿐이었다. 다른 아이스크림을 먹는 하이즈의 모습도 찾아볼 수 없었다.

"이상하네."

한참 고개를 갸웃거리고 있는데 분수 기둥 뒤에 숨어 있는 익숙한 뒷모습이 보였다.

"작가님이다! 아니, 왜 저기 있지?"

"무서워서 숨은 거 아냐?"

온겸과 하이즈를 보며 발을 동동 구르고 있는데, 옆 테이블이 소란스러웠다. 익숙한 목소리에 고개를 돌려 보니 오빠였다.

"야, 네가 왜 있어?"

"형, 소연이는요?"

오빠는 아무 말 없이 휴대폰을 가리키고 의자 위에 놓인 고양이 이동 장을 가리켰다.

"네, 여러분은 지금 역사적인 순간을 보실 수도 있습니다. 살인마 검은 피와 인기 웹 소설 작가라. 둘의 만남이 기대되지 않으십니까?"

"야, 그만 찍어. 지금 뭐 하는 거야? 이게 신나냐?"

찍고 있는 휴대폰을 빼앗으려고 했지만, 오빠는 팔을 쭉 뻗어 피했다.

"아하하, 제 동생이 지금 장난치는 겁니다. 생방송인 걸 모르거든요. 이해해 주시고, 구독과 좋아요도 한 번씩 눌러 주세요!"

"생방송? 너 진짜 제정신이냐?"

나는 영상에 안 찍히게 오빠 다리를 걷어차기 시작했다. 미쳤다. 진짜 미쳤다. 그때 온겸이 우리를 말렸다.

"시끄러워. 조용히 좀 해! 다들 우리 쳐다보잖아!"

당황해서 아이스크림 가게 쪽을 봤다. 어떤 젊은 남자가 갑자기 일어서는 게 보였다. 순간 그 남자 손에 들린 생레몬이 토핑된 레몬아이스크림이 보였다. 하이즈와 접선하려고 이동하는 것 같았다.

"너희 따라오지 말랬잖아!"

그러나 하이즈는 어느새 우리 쪽으로 와 있었다.

"작가님이 민트초코아이스크림 드시는 거 아니었어요?"

"아니. 내가 너무 떨어서 여자 경찰을 위장시켜 투입하게 됐어. 어차피 녀석도 여자라고 알고 있으니까."

레몬아이스크림을 든 남자가 민트초코아이스크림을 든 여자에게 다가가는 게 보였다. 이제 숨어 있는 형사들이 튀어나와 포위하면 상황은 끝이었다. 그런데.

"잡아!"

형사 아저씨가 소리쳤다. 남자가 갑자기 아이스크림을 던져 버리고 뛰기 시작한 것이다. 순식간에 아수라장이 되어 형사들이 남자를 뒤쫓았다. 하지만 저녁 시간의 쇼핑몰은 쇼핑하거나 저녁 식사를 하기 위해 몰려든 사람들로 북적였고, 남자는 그 인파 속에 순식간에 숨어들었다.

"이렇게 되면 도저히 찾을 수가 없어."

반팔 티에 긴 바지, 야구 모자. 그런 복장을 한 젊은 남자들은 수도 없이 많았다. 검은 피를 찾기란 불가능해 보였다.

"방금 보셨죠? 좀 멀긴 했지만 검은 피가 찍힌 순간, 캐치하셨습니까? 하지만 어떻게 된 일일까요. 그는 이제 보이질 않네요. 애석하게도 놓치고 말았습니다."

"그만하라고!"

나는 오빠 휴대폰을 던져 버렸다. 휴대폰은 그대로 고양이 이동 장 옆을 쳤다.

"냐옹!"

졸고 있던 소연이 깨어났다. 구독자 수 늘릴 생각밖에 없는 한심한 오빠에게 소연을 더 맡길 수는 없었다. 내가 고양이 이동 장을 들자, 하이즈가 깜짝 놀랐다.

"세상에, 소연이도 데려왔어? 얘는 사람 많은 데 오면 흥분한단 말이야! 얼른 집으로 가자. 검은 피는 포기해. 어차피 이제 우리 손을 떠났어."

하이즈는 고양이 이동 장을 소중하게 안아 올려 앞장서서 걸었다.

"에구, 우리 소연이 답답했지? 얼른 가자."

온겸과 나는 반성하는 의미에서 터덜터덜 그 뒤를 따랐다. 쇼핑몰 후문 쪽으로 걸어가는데 옷가게 앞에서 갑자기 소연이 흥분했다.

"하악!"

"왜, 왜 그래? 소연아. 여기는 싫어할 만한 게 딱히 없는 것 같은데."

전에 뇌 어딘가에 입력해 둔 정보가 그림처럼 머릿속에 떠올랐다. 소연이 싫어하는 것. 레몬 향. 옷가게에서 나오던 남자를 지나칠 때 정확히 소연이 소리를 냈다. 나는 그 남자에게 가까이 다가가 왼팔을 붙잡았다.

"온겸아, 오른팔! 팔 잡아! 레몬아이스크림이야!"

내 말에 득달같이 온겸이 남자의 다른 쪽 팔에 매달렸다. 이어서 하이즈가 다리를 잡았다.

"검은 피다! 검은 피다!"

뒤쫓아 온 오빠가 방방 뛰면서 고래고래 소리를 질러 댔다. 오빠 목소리에 형사와 경찰들이 우리에게 달려왔다. 하지만 망할 오빠는 이 와중에도 휴대폰으로 우리 쪽을 촬영 중이었다.

사건 종료

구독자 십만 명을 꿈꾸던 오빠는 우리가 검은 피에 매달리는 영상이 아니라 스트리트 댄서 영상이 화제가 되어 구독자 칠만 명을 달성했다. 검은 피를 잡는 영상은 초점이 안 맞고 흐릿하게 찍혀 그냥 싸우는 것인지, 취해서 난동을 부리는 것인지 분간이 되지 않을 정도였다. 올렸다가 욕만 먹고 구독자가 만 명은 떨어져 나갔다.

어쨌든 잡았다. 검은 피를 드디어.

"너 진짜 무모했어. 그때는 칼이 없었지만 가지고 있었으면 어쩌려고 잡아서 매달릴 생각을 했어? 실제로 검은 피는 칼을 화장실 앞에 숨겨 뒀다고."

경찰 아저씨는 우리를 칭찬하면서도 위험한 행동이었다며 나무랐다.

"그동안의 범행을 봤을 때 검은 피는 양손잡이도 아니고 철저한 왼손잡이였어요. 왼손으로 칼을 이렇게 잡고 비틀어서 찌른 흔적뿐이었거든요. 현장에서 만났을 때 아이스크림도 왼손으로 먹었고요. 제가 왼팔에 매달렸으니 혹시나 칼을 오른손으로 잡고 찔러도 나를 정확히 찔러 금세 죽이지는 못할 거라는 걸 계산한 거예요."

"너 중학생 맞아?"

경찰 아저씨가 혀를 내둘렀다. '용감한 시민 상'도 받게 되었지만, 우리 엄마 아빠의 부탁으로 온겸과 나의 신분은 철저히 숨겨졌다. 나의 추리 과정이나 노고 따위는 싹 생략되고 지나가던 학생과 시민의 도움으로 검은 피를 검거한 것으로 마무리됐다. 나서는 게 무섭다던 하이즈 이야기도 본인의 요청으로 싹 드러내 오려졌다.

재시는 아스왈이 약속 시각에 나오지 않을 거라고 생각했다. 하지만 아스왈은 진심으로 재시를 마지막 재물로 삼고 싶었던 것 같았다. 순식간에 경찰에 둘러싸여 붙잡힌 아스왈을 보면서 재시는 오늘을 위해 특별히 갖춰 입은 아름다운 옷자락을 움켜쥐었다.

"아무리 내가 스스로를 맹신한다 해도 경찰과 동행하지 않으리라 생각한 건가요?"

"내 마지막이 당신이었으면 한다고 했잖아요."

아스왈은 같은 말을 반복했다. 재시는 깨달았다. 그는 붙잡히는 것은 상관없었다. 재시를 죽이며 끝낼 수 없는 신들린 미치광이 짓을 끝내리라 생각한 것이다. 그의 예술이 그 마지막 한 획으로 완성된다는 기이하고 편협하며 이기적인 사고방식이었다. 생각이 여기까지 미쳤을 때 재시는 비웃으면서 말했다.

"미친놈."

당분간 휴재합니다.

푹 쉬고 「미녀 탐정 재시」 시즌 2로 돌아오겠습니다.

하이즈는 정신이 너무나 피폐해져서 살인 사건을 상상하고 글로 쓰기가 벅차다고 했다. 그래서 휴재를 선택했다.

대신 다른 생활로 바쁘게 되었다. 저번에 소연을 찾아 준

캣맘 아주머니 일을 돕기로 한 것이다. 단순히 아파트 단지 내에 밥을 주는 데 그치지 않고 주민과 고양이가 어우러져 살 수 있게 길고양이들의 쉼터가 되어 줄 공간을 기획 중이라고 했다. 그런 일에는 인맥이 필요한 법. 그래서 나는 식물의원의 새 아르바이트 인력으로 하이즈를 추천했다. 엄마는 건실한 총각이 일을 잘한다며 흡족해했다. 어찌 보면 모두가 행복한 결말.

"뭔가 허무해. 진짜 제대로 범죄인 사건이 일어나면 엄청나게 삶이 활발해질 줄 알았어."

용감한 시민 상은 그저 상장일 뿐이었다. 내가 바라던 것은 나의 명석함을 세상에 널리 알리고 명예롭게 추앙받는 것이었다. 하지만 결과적으로 별일은 없었다.

"거봐. 내가 별거 없을 거라고 했지?"

온겸은 콜라 맛 쭈쭈바를 입에 물고 놀이터 빈 그네를 바라봤다. 나는 여느 때처럼 초코 맛 쭈쭈바를 먹었다. 온겸 말대로 변한 건 하나도 없었다. 문득 김별이 떠올랐다. 소다 맛 쭈쭈바.

"변한 거 있다."

"뭐?"

"나. 나 김별하고 친구 해 볼까 해."

아직 친구가 아니라는 게 나를 아프게 한 적이 있었다. 빨리 친구가 되어서 오빠의 유튜브에 스트리트 댄서로 나오는 걸 그만두라고 조언하고 싶었다.

"그래. 그래라."

온겸은 아무렇지도 않게 말했다.

"그리고 앞으로는 혼자 산다고, 수상하다고, 무섭게 생겼다고, 사람 의심하지 않을래."

"그래. 그래라."

건너 동에서 사다리차로 10층에 짐을 실어 올리고 있었다. 온겸은 거기서 눈을 떼지 않고 건성으로 대답했다.

"이사 진짜 많이 온다."

"일 년 내내 늘, 오기도 하고 가기도 하니까."

나도 온겸의 시선을 따라 그쪽을 보다가 갑자기 머리카락이 쭈뼛 서는 것 같았다.

"방금 봤어?"

"응?"

"사다리차로 올라가던 이삿짐. 방금 꿈틀했어!"

분명 봤다. 이불 더미같이 생긴 이삿짐이 꿈틀꿈틀 움직였다.

"사람 아니야?"

"에이, 설마."

잘못 본 건가? 나는 수첩을 꺼내 일단 그 집 주소를 적었다. 10층 3호 라인. 사건의 냄새가 났다, 평범한 일상에 스며든 어떤 사건의 냄새가.

「미녀 탐정 재시」 시즌 2 하이즈입니다.

안녕하세요? 금방 시즌 2로 돌아온다는 것이

해를 넘기고 말았네요.

요번 시즌은 보다 아름다운 비극이 되는

작품으로 쓰고 싶었어요.

가볍지 않고

의리 있는

말도 안 되게 완벽한 탐정 재시가

이번에는

하나도 아닌 둘이 되어 돌아옵니다.

이게 어떻게 된 일이냐고요? 읽기 싫으시면 사뿐히

즈려밟고 가시옵소서.

가기 아쉽고

싫으시면 읽어 주세요. 그리고

어느 결말로 갈지 기대해 주세요.

한 명이 아니라 두 명인 재시가 궁금하시죠?

암시도 없이 이게 무슨 일이냐고요? 힌트는 또 다른 재시도

호락호락하진 않을 거라는 거예요.

라일락 피는 아름다운 계절을 피로 물들일

서사가 펼쳐질 「미녀 탐정 재시」 시즌 2!

요즘 우울한 일도 많은데 다 떨쳐 버리고

읽기에 몰입하는 시간을 가져 봅시다.

어서 빨리 다음 주가 와서 연재 시작하길 바라시죠?

줘도 안 읽는다고요? 그냥 연재 끝나고

서너 번 정주행하겠다고요?

감히 말씀드리옵건대

사서 읽는 비용이 아깝지 않을 거예요.

합리적인 소비가 될 거라는 말이죠.

니트보다 탄탄한 이야기로 돌아옵니다. Coming Soon!

다시 이 글을 읽어 보세요. 앞 글자만 따서요.

이웃집 살인범 글 선자은 일러스트 양양

초판 1쇄 발행 2022년 2월 15일 **초판 3쇄 발행** 2023년 6월 1일
펴낸이 김병오 **편집장** 이향 **편집** 김샛별 안유진 조웅연 **디자인** 정상철 배한재
홍보마케팅 한승일 이서윤 강하영 **펴낸곳** (주)킨더랜드 **등록** 제406-2015-000037호
주소 경기도 파주시 회동길 512 B동 3F **전화** 031-919-2734 **팩스** 031-919-2735
ISBN 978-89-5618-199-8 43810